老いと寿のはざまで

―人生百年の健やかを考えるヒント―

森　望

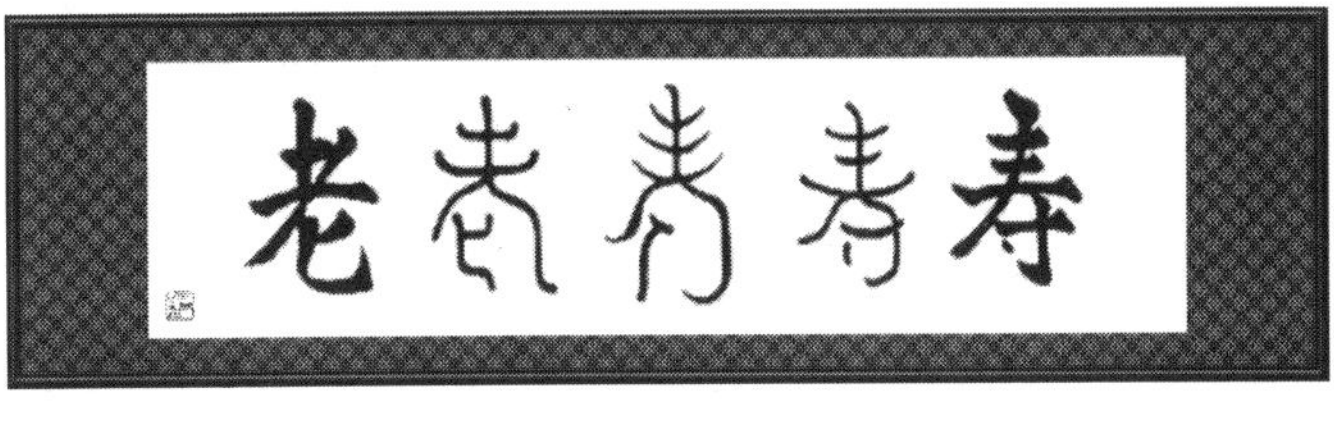

はじめに

健やかな老いを考えるヒント

ここには老いや健康に関するエッセイを並べています。これは元はといえば、ある神社の広報誌にこの10年ほどの間に書き綴ってきたものです。自分としては全国の高齢の方々への「応援歌」として、そんなつもりで書いてきたものでした。いま、他人事のように言っていますが、私自身、すでに還暦は過ぎて、定年も経験し、いわば立派な高齢者の入り口にいる人間です。ですから、「老い」というものが実感としてよくわかります。しかも、私の人生の半分以上の時間を「老化研究」という変わった世界で生きてきました。すなわち、二十代半ばの若い時から「老化研究者」だったのです。それが、今や、名実共に本物の「老化研究者」になりました。

老化研究といっても扱ってきたのは、細胞やら遺伝子やら、大方はマウスという小さなネズミを相手にして、その老若の動物の比較から、次第に脳の研究、老化脳に興味をもって、脳の中、とくにニューロンという神経細胞に生じる変化を中心にいろいろと調べてきました。老化の研究を進めるうちに、寿命のしくみもしだいにわかるようになってきました。何が寿命を決めるか、生体内の何のどのような変化が老化を主導するのか、日々そんなことばかり考えてきたものですから、もう頭の中は「老化」だらけの人生でした。今は、老化脳で老化脳のことを考えている。そして時折、そんな自分を客観的にみるようなつもりで、時代の流れの中で「老い」と老いの中での幸せ、つまりは「寿」というものについても考えたりしています。誰もが「老い」よりも「寿」を望むでしょう。これも人間の俗な欲、煩悩のひとつなのかと思います。

前半は、日頃の話題をちりばめながら、身近なところから一般向けに、しかし思考が一歩深まるように書いたエッセイですので、読んでいただければ、老化や長寿に関して、何か新しい視点や考え方のヒントが得られるかと思います。

読んでいただく上で、一つ注文させていただくと、「ぜひ、読みながら、あるいは読んだあと、(自分の頭で)考えてみてください。」その、「考える一歩」が脳を必ず活性化しますし、そんな日々の脳内刺激が、脳の衰えの防止にもつながります。

そんなことは、もう誰もが承知していることでしょう。でも、意外と皆さん、情報をただやり過ごしていませんか?テレビにしろ、ネットにしろ、ブログにしろ、今は情報が必要以上にあふれています。それで、それにふりまわされて、ほとんど考えもしない。なかなか一般論ではいえませんが、多くの人は長い文章を読まなくなって、返答も短い。いわば、「チャット文化」とでもいうような時代ですが、「深い思考」こそが脳を自分らしく鍛えてくれます。情報が右から左へ流れるだけでは、自分は流されるだけです。ですから、自分らしさを磨くためにも、「ちょっと考えてみる」その習慣をもつことが大事です。

後半といいますか、後ろの章（第6章）は、エッセイではなく、これまでの老化脳の研究からわかってきたことを大まかに解説しながら、どうしたら脳の老化を防げるか、そのような視点での科学解説をしています。「アンチエイジング」と題しましたのは、多くの方がおそらくそれを求めているようだからですが、じつは私自身は「アンチ」にはなじまない、どちらかというと「アンチ・アンチエイジング派」の研究者です。

老化研究を進めてきて、老いを和らげる、あるいは遅らせる、そんな手段も、いろいろな科学研究の結果からみえてくるものなのですが、あるものを強調すると、他のことにも影響を与える、あるいはうまく行かなくなることもある。いわば、薬の作用と副作用のような現象もでてきたりして、どうもバランスが悪い。アンチエイジングは言葉の上では理想かもしれませんが、現実的には、誰にも老いは避けられない。生理的に老化して、最後には誰もが死んでいく。その「死」を覚悟する力もつけておかなくては、大往生はできない。満ち足りた人生にはならない。そんなふうに思えます。

意外なことかもしれませんが、「老いの孤独」や「死への恐怖」をも受け入れる。覚悟できる。そんな力を養っておかないと、いつまでも自分を不幸と、老いは不幸と思ってしまう。そんな気がします。でも、これは私の考え方であって、人それぞれ、いろいろな考え方があっていいのです。

考え方はいろいろでいい。これも多様性を認める社会の中での考え方なのかもしれませんが、とにかく、結局は「自然な老い」が一番。ステイ・ナチュラル。自分自身の自然な老いをどう受け入れるか、それが大切に思えてきます。

心の面からすると、自分の「人生の記憶」への親和性を親しく感じられるかどうかにかかってくるでしょう。人生の記憶、これは英語でセルフオートバイオグラフィーといいますが、これを便宜上「自叙記憶」とでもしておきましょう。自分の人生をすべてとりまとめて、一歩退いて見直す。自分の人生を叙する。自分の脳内のことでありながら、他者のように客観的にみつめ直して、その時に、「ああ、これでよし」と思えるかどうか。その一線が、非常に大切なものと思えます。「豊かな老い」とはいわなくとも、「静かな達観した老い」、そんな境地、究極的にはそこに行き着けるかどうか、そこで安らげるかどうか、それが一番大切なのではないかと思います。

この最後のほうの章は、「アンチエイジング」と題しましたが、この本は「アンチエイジングのハウツー本」ではありません。「脳の抗老化」は（多少は）可能ですが、「脳の若返り」を主張するものではありません。伝えたいメッセージは、「老い」に寄り添う心、「自然な老い」を認め、それに満足する心です。

自分の老いを一歩違った角度で眺めてみてはどうでしょう。すると、少しだけ余裕をもった新しい「老いの見方」ができるかと思います。「老化脳」を救うのは何も「介護」や「ケア」だけではありません。他力本願に、「今日のプログラムは何ですか?」ではなく、「自分は何をしたいのだろう?」「自分には何ができるだろう?」と、主体的に物事を考える。そして、その「自分のすること」が自分のためだけでなく、多少なりとも周囲の役に立つ、いえ、役にはもうたたなくても、周囲の人の意識を少し変えられる、それに通じれば、まだかすかな「生きがい」を見いだせる、そんな気がします。

老いてなお「生きがい」がある。その方向に自分を仕向けていく、その姿勢が大事です。そんな意識に恵まれれば、それこそが「寿」への下地となるのです。自分のしたいこと、できることをする。ただし、そうは言っても、我を張るのではなく、自分でやれることを自分で判断する。その「判断力」こそが、単なる「記憶」とか、「認知」以上に複雑で高度な知性ですので、それを維持しようとすることが大切と思われます。
「老い」の自覚をするのはあなた自身で、「老い」の変革を可能とするのは、これもまたあなた自身の老化脳なのです。

「老」という文字は、まばらな白髪の老人が、腰を曲げて杖をついて歩く姿からできたといわれています。その文字も、かたちを少し変えてゆくと「寿」になります。

現代の老化研究は、その変化を導くヒントをさまざまに描き出してきています。

さあ、私たちの周りにはびこるそれぞれの「老い」を「長寿」に変えられるかどうか、老いにまつわるエッセイを散りばめた道を散歩しながら、自らの老いを考え、自分の老化脳を鍛えていきましょう。

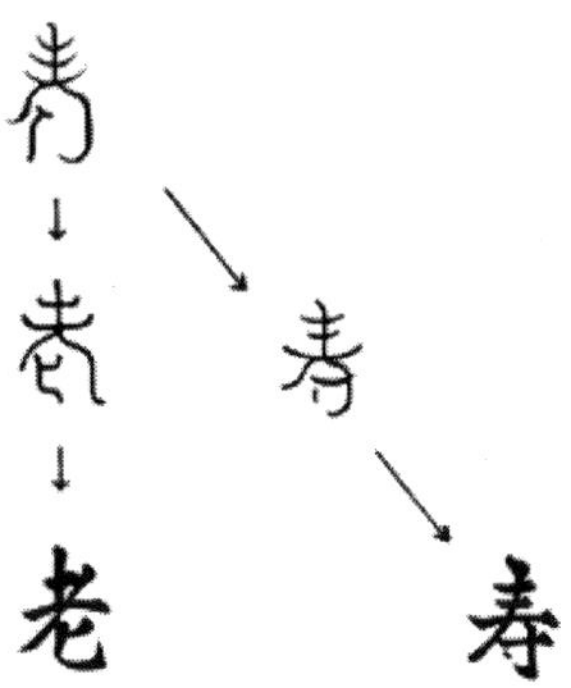

もくじ

第4章　脳ありてこそ悩める

第1章

共に生きる

大正七年（1918）、今から百年ほど前、未知のウイルスが全世界を襲った。国内で40万人が亡くなり、世界では数千万人が死んだといわれる。通称、「スペイン風邪」。これはA型のインフルエンザウイルスによるもので、3年間で3回のパンデミック（世界的大流行）を引き起こした。当時のポスターにも「マスクとうがひ」とある。手洗いはもちろん、こういう習慣は、昔も今も変わらない。時代は変わっても、人の生活の基本は同じだ。こう呼びかけている:「汽車電車人の中ではマスクせよ、外出の後はウガヒ忘るな」。不安な空気を軽いリズムで、少しでも吹き飛ばそうとしている。そんな中でも、子供は無邪気に車窓から外の世界を見ようとする。強く生きてほしい。いつの時代でも、人は人として生きる。そして、生き抜いていく。医療の進んだはずの今日でも、いまだに新型コロナの禍中にある。当時と同じような空気、それはすぐには晴れないけれど、お互いに手を携えて、共に生きてゆこう。

国立保険医療科学院図書館所蔵
内務省衛生局著「流行性感冒」(1922)

三年目の春

「コロナの中にも三年」を経て私たちは今、手を携えて元の生活を取り戻そうとしている

新型コロナのウイルスが隣国から日本に入ってきたのは、東京オリンピックの開催も期待された二〇二〇年の正月明けだった。急激な感染拡大に苦慮する中で、当時の安倍晋三首相の記者会見で初めて緊急事態宣言が出されたが、それは三年前の春である。道路を走る車は激減し、人通りは減り、ショッピングモールはシャッター街のようになって、人々が街から消えた。マスクをして、手指消毒をして、かろうじて食料品のスーパーで手短に買い物を済ませる。生きるための最低限の生活、人はそれを強く意識するようになった。

大学での講義はすべてズームになって、諸々の会議や学会発表もほぼすべてがそうなった。4月に入学しても、学生同士お互いのことがよくわからない。教員側からすると、入ってきた学生の顔が見えない。サークル活動も友達作りもできないが、可哀想なのは大学生だけではない。高校生も中学生も、小学生も幼稚園生も、みなマスク下で、お互いのことがよく理解できないまま成長していく。人は皆、不安になった。脳の可塑性が高い時期だが、視覚的な入力情

報も少なく、とにかく人の表情が読めない。大なり小なり、人間の社会性の基礎を育む、そのはずのステージで、その素地を埋めることができず、時間だけが過ぎ去る。成長期の脳への影響、それはかなり重篤だろうと誰もが思い至るのだが、その先はまだ未知数も多い。学童の給食の時間に「黙食」というのは、実に可哀想だった。誰の責任というわけでもないのだろうが、こんなことを強いられている子供たちが不憫でならなかった。

一方、高齢者施設では外部からの面接は拒絶され、入所者の方の孤独感は深まるばかりだった。外にいる親族の思いも同様だろう。とはいえ、入所者と施設職員の安全は死守しなければならない。そんな中で、高齢の方が亡くなっても、親族の面会も看取りさえも、許されなかったという。当事者の方々の無念は計り知れない。ある意味では、とても残酷な時代になった。

病院をはじめとした医療現場は、あたかも戦場のようだった。防護服に身を固め、覚悟と使命感でそのウイルスとの戦いの最前線にいてくれた。「医療従事者へ感謝」、その言葉は様々な形で取り沙汰された。

この三年間、いろいろな切り口で、このコロナの時代を生き抜く知恵やヒントについて書いてきた。ウイルスの本性、それを射止める抗体分子、遺伝子への健康祈願、ネアンデルタール人の痕跡、英国の退役軍人トム・ムーアさんの御百度参り、医療の中でのギリシャ文字、オミクロンの先のウプシロン、苦境の中での万葉の歌、虹色の脳への夢や、そんな脳内にあるはずの安心の巣。そんなことを綴ってもみた。私たちは、そのすべてに助けられている。

忘れてはいけない。でもこの思いを繰り返すのは、もうやめよう。大事なことは、みなが共に生きることだ。家族と、友と、仲間と、そしてウイルスと。お互いを理解し、認め、助け合って生き抜いていかなくてはならない。第8波が過ぎて、もうそれは近い。わが国の感染症法上、第2類に君臨した新型コロナも、いずれ第5類に落とされる。落とすというのは語弊もあるが、季節性インフルエンザと同類の、意識的には軽いレベルで対処しようということだ。そして、私たちの生活を以前のように戻してゆこう。

よく「石の上にも三年」という。私たちは、実に「コロナの中にも三年」を過ごした。その間、みな、それぞれに辛かっただろう。失ったものは多い。しかし、その一方で、人々は我慢することを知り、さまざまに工夫もし、努力も重ねた。お互いへ配慮もし、助け合う気持ちは一層強くなっただろう。この時代をネガティブにばかりとらえずに、ポジティブ志向で考えてみよう。よくいう「災い転じて福と成す」というものだが、自らの意思として「転災成福」を心する。鳥居をくぐって拝殿を仰ぎ、参拝のあと、来し方を振り返る。先を見据えて空を仰ぐ。卒業、入学、そして就職、みな、それぞれにおめでとう。いつかきっといい未来が拓かれますよう。

自然史の中の神様

ネアンデルタール人の遺伝子は特殊なウイルス感染に弱かった可能性がある

コロナ禍になって久しい。もう三年にもなる。それでもまだ先が見えない。鎮静と回復の兆しはまだ先だ。正月とはいえ、めずらしくお祝い気分にはとてもなれない。国中が、いや世界中がそんな闇に長く包まれている。長い人生の中で、こんな時があるものとは、誰も想像できなかっただろう。

相手はちっぽけなウイルスである。俗称は新型コロナ、正式名称はSARS-CoV-2という。病名としてはCOVID-19で、研究者の間では「コービッド・ナインティーン」と言っている。勃発は2019年の暮れ。中国の武漢からの何やら怪しげな感染騒動だった。街の市場の鳥肉から、いやコウモリからだ。いや、研究所から漏れた特殊なウイルスか。いろいろな情報が流れ、交錯した。原因はどうであれ、世界中で人々が感染し、苦しみ、恐れ、そして多くが亡くなっていった。

医学研究の分野でもこの新型コロナ禍に関する論文が急速に増えている。病態や治療法や創薬だけでなく、この病気のウイルスの本性や重症化リスクの原因追求など、世界中の医学者、科学者たちがしのぎを削っている。

そんな中で、先日、思いがけない論文に出会った。重症化のリスク因子、その遺伝子素因はネアンデルタール人に由来するという。令和四年（2022年）のノーベル賞となったスバンテ・ペーボ博士の論文である。ネアンデルタール人、それは私たちからすればはるかに遠い存在である。大昔、ヨーロッパ大陸の洞窟にいた人類なのだが、私たち現生人類、ホモ・サピエンスとは異なる人種とされている。姿形は似ているが、骨も頭蓋骨も大きい。十年ほど前に全ゲノムの遺伝子解析もなされて、その結果からすると、色白で青い目をした薄い茶髪の大柄な人、そんな想像図ができたりもした。実はそんなネアンデルタール人の遺伝子のかけらが今の私たちホモ・サピエンスのゲノム中にも散らばっている。それはなぜかというと、交雑したからだ。そのかけらのひとつがヒトの細胞の中の三番目の染色体の一領域に集約されている。その周辺には十個ほどの遺伝子があるのだが、その多くは身体に異物が入ってきたときに反応するケモカインという分子の受容体だった。これは新型コロナウイルスが入ったあとのサイトカインストームという生体防御反応の戦闘の嵐の中で動き回る分子群だ。ネアンデルタール型だとウイルスを入れ込みやすくなる、その可能性が高い。

私たち日本人や中国人など、東アジアの人は、ここはネアンデルタール型ではない。この型をもっているのは一番には南アジア、バングラデシュやインド、インドネシア周辺、次いで欧米人だ。新型コロナに感染しても、日本人は重症化しにくい。それには何か「ファクターX」があるのだろう、そんなふうに言われたりもしたが、この第三染色体のこの領域がそれだろう。東アジア人はここがネアンデルタール型からすでに変化している。その理由は、大昔に今のものとは別の、しかし強烈な感染にみまわれて、それに耐性になったものが生き残った、その可能性がある。地球上には百万年前から数十万年前くらいの間に人間の形をした複数のホモ属がいたのに、ホモ・サピエンス以外はみな絶滅した。ネアンデルタール人が歴史から消えた、その理由は重度のウイルス感染でやられてしまったからなのかもしれない。

生きるのは戦いである。大きな意味でも、小さな意味でも。戦いながら、ふと生き延びていることに感謝もしよう。歓喜ではない。安堵だろうか。原始の時代から人類がしだいに言葉を生み、社会をつくり文化を育むようになって、じき何かしらの宗教を意識するようにもなった。そこに神様が生まれる。そんな中で、感謝を大切にし、平穏を願う。苦難の先には必ずや平穏が訪れるだろう。そしてそこに安心があればそれで満ち足りる。世の中とはきっとそんなものだ。

共に生きる

新型コロナウイルスもいずれ私たちの遺伝子の中に入り込んでしまうかもしれない

ウィズ・コロナの時代という。はじめは治療薬の開発に期待してもいたのだが、そう簡単にできるわけではない。今は感染を防ぐためのワクチンの供給が十分な体制になることを願う、そんな状況だ。新型コロナウイルスへの対応だが、完全な撲滅を目指すという方向にはなかなかならない。

そもそもウイルスとは寄生性の生き物で、バクテリアでも植物でも動物の細胞でも、どこにでも巣食う。細菌に巣食うバクテリオファージというのは、中には巣食ったあとにすべてを食い殺して、細胞をあたかも溶かしてしまう、そんな恐ろしいものもある。誰のからだの中にもウイルスは生きている。普段はめだたずに眠っているようでいても、時にググッと起きだして口内炎などを発したりする。冬場の流行り風邪だってウイルスのしわざだ。

東京の白金台というところに東京大学の医科学研究所というのがある。昔は伝染病研究所といっていたところだが、分子や細胞のレベルでの医学の最先端研究が行われている。そこの研究所で最近、病気ではない健康なごく普通の人にどのくらいのウイルスがいるのか、遺伝子を手がかりに調べた研究がある。いわゆる網羅的解析という大掛かりなプロジェクトだ。人に巣食うウイルスの全体像、ヴィロームという身体中のウイルス叢《そう》を明らかにする。そんな研究かららわかったことは、誰もがみな四十種類くらいのウイルスをもっている。中でも胃には七型のヘルペスウイルスがかなりの頻度で巣食っている。中には少し、これがいない人もいる。よく胃癌の原因のピロリ菌がいたりいなかったりするが、それと関係しているかどうかはまだわからない。

実は、人に巣食うウイルスは何も人の細胞に潜むだけでなく、体の中に巣食う細菌、いわゆる常在菌、それにたかるバクテリオファージもいる。人に細菌が寄生して、その細菌にまたウイルスが寄生する。いわば、親亀、子亀、孫亀の連鎖である。そんな細菌は腸内や口内だけでなく、皮膚の上にもいっぱいいる。そういうと気になって、皮膚をゴシゴシする人がいるかもしれないが、それはいけない。皮膚の湿気を保ってくれるのもあるし、少し酸性にして皮膚をばい菌から守ってくれるものもいる。人は何百兆個もの細菌たちと一緒に生きているし、おそらくその何十倍ものウイルスと一緒に生きている。目に見えない生き物だけに、数にしてみるととてつもなく多い。

実は、人の中に巣食っているのは、細菌やウイルスだけではない。細胞の中にはミトコンドリアという細胞内小器官がある。これは大昔、私たちの先祖がまだ動物でも植物でもなかった時代に、大きな細胞の中に入り込んだ細菌だったと考えられている。二十億年も前の話だ。ミトコンドリアは細胞のエネルギーを作り出す強力な化学工場で、これなくしては私たちの生命はない。そのミトコンドリアがもともと別の生き物だった証拠に、私たち人間の細胞の遺伝子とは別物の遺伝子をちゃんと自分の中にもっている。それが大昔の独立した生き物の痕跡なのだ。遺伝子が自分の由来を決める。遺伝子が人のいのちの多くを決める。

そんな遺伝子のつながりとは別に、自分とは違うものとの「共生」を自覚してみよう。自分だけで生きてはいない。一緒に生きている。必ず何かの支えがある。共に生きている。人がいて、細菌がいて、そしてウイルス。新型コロナだって、このまま何百年も何千年も、人間様のそばにいれば、いつか住みついてしまうだろう。何でもがうまく回るばかりではなかろうが、ウィズ・コロナ、新しい生活様式の中で、一緒に生きていく術を探ろう。

コロナ禍の遺伝子祈願

健康祈願は抗体遺伝子がすこやかであることを願うべし

人は節目、節目に、神社を訪れる。大きな夢を抱いて、あるいは小さな願いを秘めて、鳥居をくぐる。そして神様に祈る。大方は自分のこと、家族のことだろう。近未来も、遠い未来への願いもある。そしてたまには、世間のこと、国のこと、そして世界平和までも祈る。いまであれば、きっと誰もが新型コロナの感染の終息を願うだろう。願っても、願っても、なかなか簡単に叶うものではない、しかし、それでも祈らずにはいられない。人はいつもそうやって生き抜いてきた。戦争も、震災も、そしてきっと幾多の疫病の時代もそうだったのだろう。

いまは新型コロナの渦中にある。これだけ医療の進んだはずの現代でありながら、簡単には事が治らない。最近の話題は「変異ウイルス」である。よく聞くのは「N501Y」。これは最初に指摘された「イギリス型」だ。あとは「E484K」。こちらは「南アフリカ型」や「ブラジル型」で追加された変異だ。後者は二重変異型である。数字は、どの位置のアミノ酸かを示す。その前後の英語のイニシャルはアミノ酸の変化を表している。NはアスパラギンでY

はチロシン、Eはグルタミン酸で、Kはリジンだ。Yのチロシンは癌遺伝子によく出てくるものだが、それはリン酸化という強固な化学修飾を受けやすく、遺伝子産物であるタンパク質の活動性を上げることが多い。後者のEがKに変わる、つまりグルタミン酸がリジンに変わるというのは、酸性からアルカリ性への転換で、この部位の化学的性質が激変することを意味している。すると、抗体分子や他の生体分子との結合性が変わる可能性もある。だから、どちらも手ごわいのだ。

そんな中で先日、新型コロナワクチンの1回目の接種を受けた。副反応もなく、次は3週間後に2回目の接種を受ける。秋から冬までには多くの人が受け終わって、是非来年は、以前のごく普通の日常生活を取り戻したいものだ。

この体内に入れ込んだこのワクチンだが、どうしてそんなことをするのかというと、それは「感染を模している」のだ。新型コロナのウイルスに一旦感染したような、そんな具合に身体を刺激する。すると、体は抗ウイルス抗体を産生しだす。ウイルスと戦う免疫系のB細胞なりT細胞なりが増えてくれる。それが自分の体を守ってくれる。

だから私たちは、この「抗ウイルス抗体の遺伝子」がしっかりしたものであること、それを一番に願うべきなのだろう。抗体遺伝子、それは、これもずいぶん前の話なのだが、それを生み出す仕組みを世界にさきがけて解明した科学者がいる。利根川進だ。１９８７年のノーベル賞で、生理学医学賞としては日本人の第一号だった。「ＶＤＪジョイニング」という抗体多様性を生み出す特殊なしくみの存在を明らかにした。実は、それよりほぼ百年前の１８８９年には、当時ドイツにいた北里柴三郎が破傷風菌の純粋培養を可能にして、その菌を無毒化する「抗毒素」を発見した。この抗毒素こそが、今日でいう「抗体」そのものなのだ。これもノーベル賞級の大発見だった。

こう整理してみると、大事なのは「抗体遺伝子」への祈願である。次回、鳥居をくぐったならば、是非、「抗体遺伝子の〜〜健やかならまし〜〜」と祈ろう。

新しい時代へ

昭和、平成、そして令和へ、その時代のうねりの中で老いを守る遺伝子が見つかってきた

まだ、「令和」の年号がわからなかた頃の話である。

新しい年が明ける。今年はその新しさがまた格別なものだ。平成三十一年、そして、〇〇元年となる。その「〇〇」を今、言い当てるわけにはいかない。適当に漢字二文字を並べるだけのことなのだが、それが当たる確率はおそらく年末ジャンボを当てる確率にも等しい。とにかく、このすがすがしい正月は「平成三十一年」、しかしそれが春を過ぎれば「〇〇元年」となるのだ。新しい時代である。平成の時代に別れを告げて、〇〇の時代になる。昭和の時代がとっぷりと染み付いた人間からすれば、平成の時代というのはなんとも、綺麗、快適、高品質で、いわば良かれの3Kを醸した時代なのだが、人々があまりに豊かさと軽さを求めるあまり、日本人の国民性から堅実性、実直性が薄れていった時代のようにも感じられる。そもそも、昭和の時代の後期にも「重厚長大」から「軽薄短小」へと時代の価値観は変化していった。真っ黒になって働くよりも、快適なオフィスで効率的に働きプライベートの時間も大切にする、そんなライ

フスタイルを好む人間があまりにも増えてしまった。振り返って悲観的になるのは、これも歳をとったせいなのだろうか。

時代は変わる。時代は動く。悲惨な戦争を経験しながらも、高度経済成長と列島改造。常に上へ向かって成長し続けた昭和の後半。それに比べれば、平成の時代は低迷の時代だったかもしれない。冒頭はバブルだった。それが数年で崩壊。経済的には天と地をみた時代である。失われた二十年などとも長くいわれ、いつ上向くともわからない混迷の時代となった。東日本大震災をはじめとする大きな災害が列島中でおきた。九州でも北海道でも関東でも中国地方でも、いくつもの水害や大地震が相次いだ。国民の生活からすれば明るさや平穏さがみえても、経済と自然からみればとても厳しい時代でもあった。

健康面からみれば、少子高齢化が加速し社会経済の下支えが厳しくなる中で、百寿者は七万人を超えた。世界きっての長寿社会である。だが、あまりに豊かな食生活の中で生活習慣病の罹患率が増える。いわゆるメタボだが、「滅太暮」とも書ける。そんなイメージがある。

そんな中で、この平成の時代には老化研究はおおいに進展した。中でも注目すべきは、サーチュインの発見だろう。米国の東海岸、マサチューセッツ工科大学のレニー・ガーランテ博士らが見出した老化制御遺伝子、長寿遺伝子だ。最初の発見は二十年前、酵母の遺伝子サーツー

（Sir2）が寿命を制御するというものだった。それと同じ働きをするネズミの遺伝子を探る中で、それに似た七つの遺伝子の存在が明らかになった。サーティーワン（SirT1）からサーティーセブン（SirT7）である。人間にもこの七種類があって、多くの組織の中でそれぞれ抗加齢へ向けた働きをしている。実際には細胞の核の中で、ゲノムといわれる遺伝子の複合体の構造を大きく変える働きがある。それによって遺伝子のオンオフ調節をするのだ。環境の変化に応じて、いま何が必要で何が不要か、それを感知していい方向へ向かわせる。いわば「適応」の神様だ。そうして抗加齢、長寿化を具現する。だから、からだの中の一番のサーチュイン、つまりサーティーワンは、いわば平成の時代の老化研究を最先端で突っ走った長寿遺伝子のフロントランナーだった。

平成三十一年、ヘイセイ・サーティーワン。お後は「〇〇」。鳥居をくぐって東へ拝めば、今年もきっといい年になる。新しい時代「〇〇」に幸あれ。

太宰府

令和の年号の由来は遠く奈良時代の福岡、太宰府での梅見の宴席にあった

太宰府は福岡市南部の山裾に広がる古都である。背後に四王寺山を仰ぎ、手前には筑紫野の平野がなびく。ここは古くから西国の要衝、奈良の平城宮跡をぐっとコンパクトにしたような都府楼《とふろう》の遺跡がその大事さを物語っている。

太宰府の春は白梅で始まる。本殿の右手に立つ老木、いわゆる「飛梅《とびうめ》」なのだが、誰もが知る菅原道真《すがわらのみちざね》の和歌に詠まれたものだ。

「東風《こち》吹かば匂いおこせよ梅の花　主人《あるじ》なしとて春な忘れそ」

例年であれば、それで終わる話なのだが、今年（2019年）はその梅花のあとの桜花の盛りの中で、思いがけない知らせが舞い込んだ。新元号「令和」の由来が、その道真公の梅よりさらに以前の奈良時代の初期、大伴旅人《おおとものたびと》主催の花見の宴席で詠まれた和歌集の序文にあったというのである。

「初春の令月にして気淑《よ》く風和らぎ、梅は鏡前《きょうぜん》の粉を披《ひら》き、蘭は珮後《はいご》の香《こう》を薫《かお》らす」

そこから抽出された「令和」である。前項での「〇〇」はこれなのだが、その当時の予想が当たった方はおそらくいなかろう。

それはそれとして、「平成」から「令和」への変遷の春、近年にはない形での皇位の継承が現実となった。明治以降、以前であれば、天皇崩御の報にすべての国民が喪に服す中で、次の元号が決められ、また皇太子が新天皇として即位される、それが常だった。世には重い空気が流れた。今回、前天皇のご意向もあって、いわば生前譲位の形となったわけだが、これはとても明るい希望にみちた空気の中で、お祝いムードも自ずと高まった。

今回の交代劇の中で、新元号が決められるプロセスが公開されてしまったことに多少の違和感もありはしたが、しかしその一方で、「令和」選定の報の中で、その言葉の由来や意味をじっくりと考えられたことは、それはそれでよかった。知ることはうれしい。好奇心が満たされれば、あたらしい時代のありかたにも納得がゆくというものなのだろう。

令和は日本の古典からとられたとされたが、その大元は中国古籍に元をたどることができる。四世紀中国の王羲之《おうぎし》の「蘭亭序《らんていじょ》」や六世紀の張衡《ちょうこう》の「帰田賦《きでんふ》」の中に梅を愛でる曲水の宴で詠まれた「於是仲春令月　時和気清」がある。大伴旅人の時代にもすでに遣隋使、遣唐使のもたらした漢籍の写しが参照されもしたのだろう。しかし、それはいうまでもない。都府楼も平城宮もそれはみな長安のミニコピーなのだから。

日本は古くから中国を模した。後年、日本は欧米から多くを学んだ。日本の歴史を振り返れば、転換期にはいつも外因がある。帰化人、鉄砲、文明開化。外からの影響をうまくとりいれていつのまにか順化してゆく。日本という国の長い歴史があることは誇り高い。その歴史の舞台の一場面一場面が元号の名の下に彷彿と浮かび上がる。昭和には過ちもあったかもしれない。平成には多くの試練が課されもした。こういうことは国や歴史だけのことではなく、自分の身や人生そのものにも重ねてみることもできる。しょせん、地球上のあまたの生き物はその過去を背負っている。一匹で生きていても必ず親があり先祖がある。その先祖の前には進化的な分かれ道もあった。私たちは猿ではなく人になった。これは幸いだろう。

長く続く歴史、長く続く元号。令和の先にも日本は続く。それはありがたいことだ。いま、中国には元号がない。ゆうに二千年以上も続いた中国の元号は清朝最後の皇帝溥儀《ふぎ》の治世、宣統《せんとう》をもって消えた。国史にも人生にも時に大きな転換期はあるものだが、ただ絶やさないこと、それを守ることもすこやかへの道なのだろう。

二〇二〇

男と女や裏と表、違うようで同じ、同じようで違う、そこには相補い合うものがある

令和二年、西暦二〇二〇年、いわゆる2020の年でその年は二度目の東京オリンピックもあった。なんとなく二づくしの年だ。

世の中はいうまでもなく、二つのもので溢れている。二輪車、二刀流、二本のレールに、ダブルやツインの部屋。また、物事を考える時の常として、対極や両方向など、二つの異なる面を常に意識している。上下、左右、内外、大小に始まり、白黒、陰陽、善悪、生死、表裏、静動、美醜など、挙げだしたらキリがない。二つの物、二つの事、という時の物事でさえ、世の中にある全てを二分している。私たち人間も、必ず男と女がいるし、このごろは多少それが中性化してきているとはいえ、染色体のXとYでそれが決まるという生命の原理はゆるぎない。連綿と繋がる生命の営み、命の基本も二本のDNAの糸が寄り合わさった「二重螺旋」なのである。

いろんなものが二つある、というのはいかにもバランスがいい。弥次郎兵衛は長い棒先の玉でバランスを保つ。少し揺れても元に戻る力が自然と働く。平衡という現象の中にある復元力

だ。人間の身体も自然、そのように造られている。食べ物を食べて消化する。細胞の中で代謝が進んで、恒常性を保つ。いわゆるホメオスタシスというものだが、この「スタシス」が大事だ。安定であること、一定のところに収まること。その力があるからこそ、私たちは世代を超えても延々と同じ人間でいられる。代謝のゆらぎを酸やアルカリの微妙なブレや、酸素分圧の変動を即座に感知して、元に戻す。昨年のノーベル賞の医学生理学賞はこの細胞の酸素応答の仕組みを解明した米英の三人の科学者に与えられた。細胞の中での微妙な応答性なのだが、その小さな仕組みが地球上のすべての生命の維持にとても大きく働いている。

世の中にある二つのもの、その対極とバランスを考えると「二つで一つ」ということにも気づく。男女、夫婦もそうだが、親と子も、また老人と若者も、家族や世間を形作る存在としてともに必須のものなのである。片方が欠けたら、もう次の世代はなくなってしまう。今の社会は多様性を尊重する社会だともいうが、原則は二つの極を認め合うことなのだろう。小学校に入って最初に習う漢字は「人」という文字だった。人は一人では生きていけない、支え合って生きる、だからこういう字になったんだよと、誰もが、昔、そう聞いたことを覚えているだろう。実は、この対極にある二つのものは、同じ「平等」なのではなく「相補的」なものなのだ。同じなのではなく、「補い合う」ものなのだ。

私たちは祈る時に、両手を合わせる。同じ両手を合わせているのではなく、左手と右手、似ているけれど違う二つを補い合うように合わせる。神様への祈りもそうなのだが、仏様でもお地蔵様でも、東洋人ならだいたい自然とそういうしぐさで祈る。でも、ふと、祈りの場面を彷彿とさせる『ミレーの晩鐘』の絵画を思い出して、それを見直してみると、夕刻の鐘を遠くに聴きながらその日の労働を無事に終えることへの感謝、その思いを捧げる二人の手は自分の想像とは違っていた。両手を丸く握りしめている。西洋の人は手で十字を切る。その一瞬のしぐさのあとの静かな時間がこの絵の中にある。東洋の合掌ではないのだが、その両手の中の思いは同じだろう。西洋と東洋の歴史的な、また文化的な違いはあるにせよ、二つで一つ、二つあっても一つ。すべてはそういうものなのだと、そんなふうにも思えてくる。このミレーの晩鐘の絵の中の時間は、今の私たちの日常生活からすれば、とても程遠いものになってしまった。けれど、そんな時間や思いの大切さだけは忘れないようにして過ごしたいものだとつくづく思う。

明治一五〇年

明治は遠くなりにけり、だが私たちの体にはその遠い明治からの記憶が染み付いている

新しい年が明けた。平成の時代ももう三十年。今年は実は、幕末から明治になって百五十年目の年でもある。

♪散切《ざんぎ》り頭《あたま》をたたいてみれば文明開化の音がする♪

そんな時代からざっと百五十年になる。一方で、終戦から73年。明治からの長い年月、その半分が戦前で、また半分が戦後だ。その真ん中の四年ほどはまさに戦中という過酷な時代だった。明治、大正、昭和、平成。世の中は時代の空気とともに成長し、変貌した。私たちの生活も、その時代ごとにずいぶんと違ったものになってきている。いま、平成三十年。食文化はあまりに豊かで、日常の中で誰もが過食になってしまう。食い倒れは大阪だけでなく、日本中が肥満予備軍だ。

私たちが生まれたころ、昭和三十年を思い返してみれば、そこには雲泥の差がある。日々の食事はつましかった。一汁一菜、そして魚。牛や豚肉を食すことはほとんどなかった。明治三十年はどうだったかというと、これは実体験としてここに書くことができないが、昭和三十年の食生活とさほど違わなかったのではないかと思う。明治初期の厚生行政をリードしたのは幕末の長崎で西洋医学を学んだ松本良順《まつもとりょうじゅん》と長与専斎《ながよせんさい》だったが、良順は、晩年著した『養生法』の中で、牛乳と海水浴を推奨した。

よく「衣食足って礼節を知る」という。だが、「衣食住」足っての礼節であり、すこやかでもある。先の、松本良順の書の標題は「養生」だったが、明治の時代はさかんに「健康」がうたわれるようになった。漱石の猫も「吾輩は健康である」といっている。今の時代の健康ブームのさきがけなのだが、当時はまだ寿命が短かったから、アンチエイジングとは異なり、とにかく成長が意識された。真っ黒に日焼けして、強く大きくなること、それが先決だった。

明治時代の平均寿命が短かった最大の理由は乳幼児死亡率の高さにある。生まれた子供の二〜三割は7歳までに亡くなった。だから「安産祈願」は「抗老祈願」よりとても重要だった。日本の多くの地方で「七歳までは神の子」といわれた。子が幼くして死んでしまう、その悲しみを打ち消すような、はかない願い。今では死語になってしまったが、日本人の死生観の根底にある美しい思想だろう。そのような時代があったからこそ、日本の神社には七五三への思いがしみついている。今は、無論、母体の栄養も十分で衛生環境もまた医療も充実しているので、戦後、乳幼児死亡率はほぼゼロになっている。それを克服して日本はいま世界に冠たる長寿国家になった。戦後復興から七十余年、明治のはじめからの長い時間の半分で、日本の健やかは世界の手本になった。それを成した国民性はすばらしいが、皆がまだそれほど健やかではなかった時代の教訓も生きる支えとして貴重だとあらためて感じる。「七歳までは神の子」、そう思ってあきらめながらも心救われた人もとても多かったのである。

さて、平成三十年。周囲には、老いに抗する人があまりに多い。アンチエイジングの大ブームである。だが、最近一人の人を見て学ぶことがある。義理の父親が齢九十で子供に還っている。毎日同じことを繰り返す。生きるための衣食住の最低限をただただ繰り返す。それができて満足。おだやかに、たおやかに。平成の次は何の時代かまだわからないけれど、そのわからない〇〇三十年には日本は平均寿命九十歳の時代になる。アンチアンチアンチといわず、「九十すぎたら神の人」、そう静かに思える時代がくるのかもしれない。

百歳への御百度参り

100歳になっても、まだ何か人の役に立つ、身をもってそれを教えてくれた人がいる

医療が進んだはずの現代でありながら、このところのコロナ禍は一向に晴れる気配がない。でも、連日続く暗いニュースの中で、先日、とてもさわやかなニュースが春風のように吹き抜けていった。

英国の退役軍人、トム・ムーアさんは、2020年の春、腰骨の骨折やらがんの治療で世話になった医療人に感謝したいと募金活動を始めた。九十九歳だったムーアさんは、四月三十日の百歳の誕生日を前に、それまでに自宅の庭の端から端まで、およそ二十五メートルを百往復するからと、千ポンド（十三万円）を目標額として、皆に募金を呼びかけた。これはいわば、ムーアさんなりの「御百度参り」だ。コロナ禍で社会全体が揺れる中だったが、きっかけは自分の治療をしてくれた医療人への小さな感謝の思いだった。毎日五往復を続けよう。そう思って始めたのだが、四月一六日にはもうその目標の百回を達成。募金の集まりに元気をもらったのか、思いの外早く達成できた。百回達成のその日には、英国陸軍のヨークシャー連隊の兵士

もかけつけて、ムーアさんのゴールを祝福したという。

驚くべきは、その行為によって集まった募金額だった。当初目標の一千ポンドどころか、最終的には四十七億円の募金が集まったという。ムーアさんの小さな思いが、あっという間にとてつもなく大きな社会現象をおこすことになった。ムーアさんの思いと行為もすごいけれど、それに賛同して募金した人が百五十万人もいたということ、それもまたすごいことだ。

ムーアさんは退役軍人だが、第二次世界大戦中に英国陸軍に志願している。日本では昭和二十年の六月、ちょうど二十歳の時だった。その翌年にはインドへ配属され、その後は旧日本軍との熾烈な戦場となったビルマ戦線へも赴いている。日本からすれば敵国の軍人だったのだが、八十年の歳月がすべてを受け流している。

ムーアさんの御百度参りはすごい。それが世界中のニュースになったのだが、それは新型コロナウイルスでヨーロッパ中が、いや世界中が苦戦する中でのことだった。さすがに軍人だったムーアさんは、そんなコロナ禍の中で自分を治療してくれる医療関係者が、自らの身の危険を感じながらも献身的に尽くしていることを知った。戦いの最前線にいる、そういう思いを強くしたのだろう。きっと、自分の若いころを振り返っていたにちがいない。

コロナ禍の中での立春の日のニュースは、そのムーアさんが亡くなった知らせだった。訃報だったのに、なぜかさわやかなニュースになった。一月三一日に新型コロナウイルス検査で陽性と判明。すぐに入院した。肺炎の治療は進められたが、呼吸困難が続いたという。入院から二日後に亡くなった。悲しいニュースだったのだが、世界中の人々からムーアさんへの賞賛がやまない。英雄を讃える、そんな雰囲気があった。結果が大きかったことが根本的にありはすれ、ムーアさんのさりげない最初の小さな思いに、多くの人が共感し、それを讃えている。「百歳」という節目も、たまたまだろうが、それに功を奏した。それにしても「御百度参り」、それは日本の神様への古来からの信仰のひとつだと思っていたけれど、洋の東西を問わず、人のこころに根ざす信仰心から生まれてくるものなのかもしれない。そして、その小さな願い事が、自分に向かうものでなく、社会のために、世の中のために、百歳になっても、まだまだできることがある、そんなことをも教えてくれた。金額ではなく、それこそが、ムーアさんの残してくれた最大の遺産なのだろう。

オミクロンの先へ

オミクロンの先にはウプシロン？いったいこの先はどうなってゆくのだろう？

先は見通せないものだとつくづく思う。「第5波」をやり過ごしたあと、国内では新型コロナウイルスの感染者が激減して、年末あたりには巷の飲食業界にも安堵感がただよっていた。しかし、正月を過ぎる頃から、急にオミクロン株が台頭してきて、我が国に限らず、世界中がこの「新型の」新型コロナに右往左往している。日本はその冬、「第6波」の波にのみこまれた。

ことの発端はもう2年も前の中国の武漢だったが、なぜか中国株には名前が残らず、英国株やインド株が話題になった。最近は、ギリシャ文字のアルファベットで呼んでいる。英国、南アフリカ、ブラジル、インド、それぞれの株が、アルファ、ベータ、ガンマ、デルタで、そして今、南アフリカの新変異株がオミクロンである。

ギリシャ文字のα、β、γなら誰もが知っている。その次にδ、εが続く。このイプシロンまではわかりやすいのだが、その先はゼータ、イータ、シータ、イオタ（ζ、η、θ、ι）など、だんだんわけがわからなくなってくる。今、私たちの周囲にはびこるオミクロンは英語では「ο」に相当するが、なかなか普段目にするギリシャ文字ではなかった。

生物学や医学の分野でもギリシャ文字はたびたび出てくる。その理由は、チコちゃん流に言えば、「学問の発祥が古代ギリシャにあったからあ〜〜」、ということになる。細胞膜上の受容体やイオンチャネルではアルファ、ベータ、ガンマはざらで、モルヒネなどのオピオイド（麻薬）受容体ではカッパ、ラムダ、ミューなどもある。高齢者の認知症で懸念されるアルツハイマー病の原因はアミロイドβの凝集やタウ（τ）蛋白質の蓄積で、パーキンソン病ではαシヌクレインの蓄積が問題となる。アミロイドβを生み出す酵素はγセクレターゼだし、こんな具合にギリシャ文字は医療科学の中で頻繁にでてくる。だが、オミクロンというのはほとんど聞いたことがなかった。その先では、似たようなものにウプシロンがある。これは英語ではuかyに相当する。ちなみに、ギリシャ文字のアルファベットの最後はオメガだ。英語でのwで、zではない。

脳波もα、β、γ、δなら分かりやすいのだが、波長が短い順にβ、α、θ、δとなる。覚醒時の脳波がベータで、なんとなくぼんやりと考えているときがアルファ、まどろみがシータ、深い睡眠がデルタということだ。私たちはα波とθ波で夢を見る。

夢というのは不思議なもので、現実のようで現実でない。過去か未来のものであって、今という現実にはありえない。中国の故事に「胡蝶の夢」という逸話がある。夢の中で胡蝶として舞っている。ふと目が覚めて、今、夢を見ていたと自覚する。だが、自分は蝶の夢をみたのか、今ぼんやりといる自分が夢の中なのか？要は、どこに真実があるのかという荘子の禅問答だ。蝶でも人でもいいではないか、夢であろうが現実であろうがとにかく事の本質を考えよ、との説話だという。

先日、こんな夢をみた。真っ白な花園の中を蝶になって舞っている。あたり一面、美しい野原で、雪原のような純白。私は真っ白な蝶で、でも花のようでもあった。私は胡蝶である。見ると私以外にもたくさんの胡蝶がいる。いや、それがみな私なのか？純白の大輪の花弁は鱗粉の化身で、真っ白な大きな羽は花びらの化身なのか？真っ白な世界の中に真っ白な自分がいる。遠く、白狐が私を見ていた。雪原の中で真っ白な自分は無に等しい。真っ白な中に色はなく、純白もない。そこには実は何もない。

さて、依然コロナの中の春、皆さんの夢は何だろう？先への夢、それは小さくささやかでも、それを持つことがきっと先への力になる。それを秘めて、リモートでも現実でも参拝で気分一新。また新しい年へ一歩を踏み出すとしよう。

遥かなるアナテフカ

ウクライナでの激戦を報じるテレビのニュース番組を見ながら、ふと思い出される光景があった。惨状の村の周囲を見渡せば、そこは大平原である。遮るものが一切なく、広野がどこまでも広がる。それはもう半世紀も前の映画の一場面なのだが、その光景は確かにそこにあった。

恋仲の青年革命家パーチックがキーウ（キエフ）へ向かう。共に旅立とうとする次女ホーデルを、主人公のテヴィエが鉄道駅で見送る。平原にぽつんと建つ駅舎での光景だった。その先には見渡す限りの大平原。砂埃の中に冷たい風が吹きすさぶ、ただそれだけの薄茶色の寂しい光景。それがもう40年以上も自分の脳裏のどこかに隠れていたのだが、テレビ画面を見ていて、急にそれが蘇ってきた。

少し前には長女ツァイテルの結婚式の場面があった。太っちょで裕福な肉屋のラザールとではなく、小柄で少し臆病者の貧しい仕立て屋のモーテルと一緒になる。夕刻、人々が手に手にキャンドルを灯して、薄暗い中で厳かに進むユダヤの婚姻の儀式。その中で歌われた「サンライズ・サンセット」は心に染み入る音楽だった。陽は上り、陽は沈む。ごく当たり前の日常を繰り返しながら、人々は成長し、老いてゆく。そんな中で、誰もの人生がいつのまにか物語になってゆく。

『屋根の上のバイオリン弾き』なのだが、米国での劇場ミュージカルの原題は『アナテフカ』（Anatevka）だった。これは原作における「架空の村」ともいわれるけれど、よく調べてみると、今、現実にある町だった。いまでもウクライナのユダヤ人居住区とある。以前は気にも止めなかったのに、連日のテレビニュースを見ながら、その場所がどこにあるのかと、妙に気になってきた。調べてみると、その町、アナテフカはキーウの西南西にある。その北部にはブチャ。ブチャとアナテフカは、ウクライナの首都キーウから西へちょうど30㎞ほどの正三角形の位置関係にあった。ブチャはロシア軍による市民への無慈悲な虐殺があったところだが、40年も前に見た映画の中でのアナテフカといまのテレビの中でのブチャが重なって、なんとも言えない気分になった。ユダヤ教もウクライナのキリスト教も、あるいはまたロシア正教も、私たち日本人からすれば、みな異教である。人種も違う。しかし、映画の中のユダヤ人も、テレビニュースの中のウクライナの人々も、その日常は誰もが同じことを願っている。慎ましくも安定した生活、ただそれだけだった。人はみな同じなのだ。

物語の中で三女のチャヴァはロシア人と駆け落ちをする。親に結婚の許可を願うでもなく、わずかの祝福を乞うわけでもなく、別離の道を選んだ。親からすれば、それは勘当物だ。肉親や家族でありながらお互いを理解しあえないことほど悲しいことはない。状況が一変して、ユダヤの人々、全員が急にその居住区を追われることになった。三日のうちにこの土地を去れと。皆が着のみ着のままでわずかの家財道具を積んで、黙々と西へと道を辿った。

テヴィエと妻のゴールデは下の娘二人をつれて米国へ渡ることを決意する。長女のツァイテル夫婦はポーランドへ行く。そんな中で三女のチャヴァ夫婦はクラクフへ行くという。それはリビウの西、ワルシャワの南方の都市だった。長く一緒に育った家族のそれぞれが、それぞれの道へ。物語の最後には、テヴィエもチャヴァとその連れ合いを許す。二人を認め、その人生の無事を祈る。

「神様が君たちのそばにいますように」。

半世紀も前の映画が、いまのウクライナの現実と重なる。国や人種や言葉は違っていても、人はなぜかどこでも神様を必要としている。そんな不思議な存在と特性を改めて考えてみるようになった。

第2章

ひとすじの道

画家の東山魁夷が青森県の種差海岸を訪れたのは昭和25年の夏だった。東北本線が水害による不通で、奥羽線から青森経由で八戸へ至っている。戦前、新婚のスケッチ旅行で目にした光景が忘れられず、ふたたびその場所に立ったのだった。牧場の柵、牛や灯台をとり去って、ただ、ひたすらに一筋の道を描いた。「ひとすじの道が、私の心に在った。夏の早朝の、野の道である。薄明の中に静かに息づき、坦々として、在るがままに在る、ひとすじの道であった。」後年、還暦のころ書いた当時への回想の中で、魁夷はさまざまな道を人生にたとえている。そして、このひとすじの道は、前へ進むべき道でありながら、遍歴の過去を宿した道でもあった。誰の人生においても、その旅の中には、いくつもの岐路がある。この道の先はかすかに右に折れてゆく。そこに彼自身の未来があったし、この絵が、戦後の日本の行く末を照らしてくれた。

東山魁夷「道」(1950)

ひとすじの道

自分で考えて、しっかりと踏みしめて生きてゆく、誰の人生も、それは一筋の道になる

「僕の前に道はない、僕の後ろに道は出来る」

高村光太郎の詩「道程」の冒頭なのだが、子供の頃はこの言葉の重さが何もわからずにいた。自分の道は切り開いていくもの、そのことに気づいたとき、急にこの言葉が近しくなった。長く人生をやっているとなおさらである。

画家の東山魁夷は戦争から戻ってしばらくして「道」と題した絵を描いた。画面いっぱいに、ただ一本の道が縦に走る。淡い緑の草原の中を一筋の道が続く。自分の目の前の道、歩んでいくべき道。これを前へ、進もう。

言葉とは不思議なものである。ある意味では、如何様にでもとりうる。どうでもいい、というわけではなく、その自由度は言葉のもつふくよかさに起因している。その根源をたどれば、それは脳の自由に依存する。脳は言葉を生み、行動を生み、そして思いを生み出す。感情も、行いも、すべて脳のなせる業なのである。

そう思うと、脳ほどすごいものはない。脳は世界を知り、世界を創る。自分の前に広がる世界、それはただの日常でも、ある特別な情景でも、それをあるがままに写し込む。だが脳は、自分の目の前の画像をそのまま幻燈のように入れ込んでいるのではない。それぞれの位置、色、形、動きの微妙な角度や速度、そのすべてを瞬時に計算して脳の中に眼前の世界を再現している。情報をデジタル化して一瞬のうちに再構築している。景色だけでなく、人の行為や思いさえも、理解し、咀嚼し、そして想像したりもする。そう、脳は「想像」し「創造」できる。この二つの「そうぞう」性が、私たちの脳を特別なものにしている。

そんなすばらしい脳をもっているのに、最近は人工知能（ＡＩ）の技術やら、ロボットのほうがすばらしい未来を描くように思われたりしている。将棋の名人がＡＩに負けて頭をさげる。だが、ＡＩは名人を気遣ってさりげなく敬意を表すことは一切しない。藤井聡太四段（２０１６年12月）が加藤一二三九段に勝ったときに垣間見せた先人への敬意、その大切さや、その想いのありがたさを、今のＡＩは何も理解していない。だが、実社会では少子高齢化で人手不足。だから介護の現場でもロボットやＡＩを活用しようという。長崎のハウステンボスにはロボットが応対する「変なホテル」というのがあるが、だれがロボットの介護や看護を喜ぶのだろう。それこそ「変なビョーイン」になってしまう。人間の脳は、「やさしさ」というすばらしい能力を秘めているのだ。それを忘れてはいけない。AIにやさしさや人情を教える、それはそう簡単ではない。

最近、ある本が売れているらしい。『君たちはどう生きるか』（吉野源三郎著、羽賀翔一画、マガジンハウス、2017年刊）。たしか中学生のころの課題図書になっていたように思うが、今のは漫画だという。時代の流れなのだろう。だが、それもある意味、創造のなせる業だ。タイトルからぐさっとくる。本質を突いている。若人だけでなく、私たちはどう生きるか？どう生きるべきか？これは重要な問いかけである。しかし、先の本にその解はない。コペル君よ、それは自分で考えるのだよ。そう、教えている。老人でもだれでも、「私たちはどう生きるか」、それは自分で考えていかねばならない。

私の前に道はない、私の後ろに道はできる。だが、長く生きてきて、高齢者の仲間入りをしようとする年代になったいまでも、やはり自分の前に道がまだあるような気がする。それがかろうじて細い道だとしても、そっと見つめて歩んでいこう。春の光、路傍の草花、そして人の心。ささやかでも心に健やかさを宿していれば、まだこの先も歩いていける、そんな気がしてくる。

たったひとつの一番の花

成長期にはナンバーワンをめざす人も熟年期にはきっとオンリーワン志向になる

「あなたはナンバーワンになりたいのですか？それともオンリーワンがいいと思いますか？」

このような歌詞の唄もあったが、大学に入ってくる学生にこう問うてみることがあった。ナンバーワンかオンリーワンか？生きていく姿勢を一概に決められるものでもないのだが、何らかの方向性と目標をもつことは人を伸ばす上で大切なことではある。

スポーツや競技の世界ではそれは明白だ。一番か二番か？それは明白に一線を分ける。一番になるために、より強く、より速くなるために、個人的にも、グループとしても、また指導者としても、過酷な努力をする中で、時に自分にも他人にも非常に厳しくなることがある。昨今、疑問視される「いじめ」は別格だろうが、少しでもよくしようという強い思いの中での「体罰」と「暴力」には、非常に「微妙」な一線がある。誰よりも強く、誰よりも速くなるために、切磋琢磨する、叱咤激励する。「愛のムチ」との一線が「微妙」なのだ。以前、ザッケローニ監督が「イタリアではそのようなことは一切ない」とあっさりと言ってのけたところで、簡単にはわりきれないところもあった。かつての「日独伊」連盟の戦争の時代、戦火の中で必死に生きる、国を守る。そのためには、ムッソリーニの指揮下にもすべてにおいて規律と厳しさがあったはずだ。それはそういう「時代」だったのだろうが、人間社会はそれぞれの時代状況に応じて、その「常識」を変えていくものだ。

そんな中で、正月明けの週末、米国から届いた科学雑誌をパラパラとめくっていて、ふと眼に留まった記事があった。「ノーベル賞受賞者リタ・レビ-モンタルチーニ、百三歳で死す。」年の瀬の30日の出来事、それが大晦日のニュースになった。小さな横文字を追いながら「巨星落つ」の報に重い感傷がよぎっていった。戦火の欧州をユダヤ人として生き抜いた。トリノの大学を出たあと米国に渡り、ニューロン（神経細胞）が突起を伸ばす、その原動力となる物質「神経成長因子（NGF）」を発見してノーベル賞をとったイタリアの女史。晩年は長く祖国の科学界をリードし国の科学行政にも深く関わった科学界最長寿の女傑だ。百歳でも数々の重要な場面で登壇し、その講演には迫力があった。高齢美人でもあった。しかし、何よりも彼女を有名にし、また強くもしたのは、やはりノーベル賞受賞というものだった。

科学の世界も競争社会である。一番か二番か？と問われれば、「二番煎じ」は無意味。やはり「一番」でなければ価値は低い。別の話だが、日本の山中伸弥（京都大学）のiPS細胞もダントツの「世界初」だったからこその受賞（２０１２年）だった。

振り返ってみれば、自分が子供の頃、誰もが「一番」を目指していたように思う。日本一になれ、東洋一になれ、世界一になれ！それは、私たちの世代だけでなく上の世代やそのまた上の世代もずっとそうだった。戦後のどん底からの復興も、明治の富国強兵も。あるいは長崎の坂本龍馬の思いもそうだったに違いない。先陣をきること、一番になること。それは成長期には誰もが素直に受け入れる、あるいは受け入れやすい価値観なのだ。神経の成長因子というものも、神経を神経らしくする一番価値ある因子だった。

しかし、おかしなもので社会が豊かになり、ましてや安定期ともなれば、この「一番」の価値は自然と下がっていくようだった。自分の「個性」を磨く、人に出来ないことをやる、自分らしさを発揮する。それはそれで素晴らしい。「一番」に生きるのでなく、「一個」として生きる。ユニークな存在となる。一見、素晴らしくも美しくも聞こえるけれど、横目にみれば、少し逃げているようにも見える。成長期、競争社会であれば、一番に生きる人も、安定期、成熟社会では個性に生きる。人間とはそうなりがちな生き物のようだ。

先のレビ-モンタルチーニの発見した「神経成長因子（ＮＧＦ）」も、その後はその兄弟分として発見された「神経栄養因子（ＢＤＮＦ）」の方が大きな脚光を浴びることになった。大人の脳の中では「成長」よりも「栄養」。ナースすること、つまり、脳を保護することが、大切な役割となる。老人の脳であればなおさらだろう。老化脳ではNGFよりもBDNF。成長因子ではなく、栄養因子こそが老化脳を守る主役なのだ。

こう見てくると、「成長期」と「成熟期」で必要とされる要素が変わる。これは何も人間だけではない。脳の中のニューロンも発達期と成熟期では、あるいはまして老衰期では必要とされる因子の役割が異なる。もう一番はいらない。自分自身であればいい。こういう思いは、もう逃げではなく、円熟期、高齢期にあっては本当に大切な念いとなる。

長く生きてきた。頑張って生きた。何とか、生き抜いてきた。その結果、今の自分がある。人とは違う。親とも違う。自分だけの生がある。世界でたったひとつの花。もう一番ではない、十分にはそうなりきれなくても、少しでもそう思える人生であれば、たぶん一番幸せな花なのかもしれない。

マッサンの夢

感性と夢と努力、それがあればきっといつか、いい人生から長寿にもつながる

しばらく前に「マッサン」というテレビドラマがあった（2014年度後半）。NHKの朝ドラだが、このドラマは長い朝ドラ史上、記憶に残るひとつになった。初の異人ヒロイン、シャーロット・ケイト・フォックスの愛らしさもさることながら、スコットランドと大阪、そして北海道をつなぐ壮大な人生が時代の波の中で大きくうねる。中島みゆきの骨太の「麦の歌」の歌詞を背景に、その人生が昇華していく。

国産のウイスキー事業。しょせんそれはスコッチの後追いなのだが、異国のものをまた別の異国の風土の中で根付かせる、そして磨き上げる。そこには造る側だけの変化ではなく、それを楽しむ人々の間での変化をも誘う。

酒は「百薬の長」である。「百薬」とはいわゆる漢方で処方されるあまたの薬草なのだが、そのいずれをとっても代え難い「生命の妙薬」と考えてよい。大昔、秦の始皇帝が徐福を遣わせて「不老長寿」の薬を求めた。多額な出張費を伴って旅した徐福は咸陽へは結局戻らず、日

本各地に徐福伝説が残る。結局のところ「生命の妙薬」は何だったのか、それは謎のままである。だが、それは「百薬の長」と考えてもおかしくはない。日本的あいまいさの中にやんわりとした温かみが醸し出される。そして百薬の長はお神酒となって化身、いや昇華した。日本のどこの神社に行っても、ご神体、すなわち鏡の前にまずあるのはお酒である。日本の神様はお酒が、否、百薬の長がよほどお好きなのだ。そのご利益があってかどうか、多分にそれは煙か霧の中だが、とにかく日本は今、世界一の長寿国になった。

マッサンが求めたものは北海道の大地に根ざしたウイスキーである。その本場はスコットランド、いわゆるスコッチウイスキーなのだが、その最高峰のひとつに長くオールド・パーが君臨していた。ジョニー・ウォーカーの赤や黒や青よりも、はるかに重みがあった。

自分が学生のころ、スナックにボトルを置く身分ではまだなかった。当時の学生が飲めるのはせいぜい「角」。少し上のサラリーマン諸氏のテーブルには「ダルマ」があった。人が去り静かになった遅い時刻に、どこの誰とも想像のつかぬ老紳士が入ってくる。店の奥の定席に座ると、店のママは何も言わずに網目模様を散らした気品ある丸とも角とも違う一本を注いだ。それが「オールド・パー」だった。そのボトルの裏には、必ず一人の老人の姿があった。

オールド・パー、それは英国に世紀をこえて生きた男、トーマス・パーの肖像画だった。

1483年に生まれ、1635年に亡くなっている。152歳。主治医は英国王室にも出入りしたウィリアム・ハーヴェイ。身体はめだった病もなく、死因はただ老衰。大往生である。

この上質のウイスキーにトーマス・パーの長寿を言祝ぐ感覚は、私たち日本人の「百薬の長」崇拝に通ずるものがある。しかし、英国に限らず、西欧の教会ではどこにもお酒が祀られるところはない。スコッチもワインも祭壇にはない。キリストの聖夜でも、ユダヤのハヌカでも、ましてやイスラムの世界ではお酒は「ご法度」だ。日本の神様の大らかさは、どうしてかくも自由に、また独自に進化したのだろう。これもガラパゴス、なのかもしれない。

マッサンのモデルとなった竹鶴政孝は85歳まで生きた。当時としては長寿である。一日にウイスキー1本。それが彼の「百薬」だった。豪快である。その名を冠した「竹鶴」は、いま日本のウイスキーの最高峰である。いや、日本生まれのウイスキーなのだが、これはもう世界の最高峰になっている。日本の技術力は高い。別にウイスキーやお酒に限らず、どの分野においても日本人の感性は高く、また努力も並々ではない。それがあってこその最高峰である。

どの人の人生についても同じことがいえる。自分なりの感性を大事にして、ゆっくりと、しっかりと歩む。「百薬」を友とする必要は、必ずしもない。ただ、感性と、夢と、努力。それがどんなに小さくても三つそろってあれば、いい人生になるような気がする。健やかに、乾杯。

マイルドストレス

ちょっとしたストレス、それがあってこそ自分を強くする原動力になる

しばらく前に消費税が上がった。２０１４年4月に5％が8％に、そして２０１９年10月にそれが10％になった。多少の苦しさを実感するにせよしないにせよ、実質的には財布からのお札や小銭の流出が２％、３％加速したことは間違いない。この頃、皆さんはこの変化をどう感じてこられただろうか？

今、日本は世界に冠たる超高齢化社会である。しかも、少子化が社会全体の人口構成のひずみをあおっている。子供のころ習った「人口ピラミッド」はもはや崩れて、上のふくらみの大きな「人口壷」になっている。社会保障費の必要性が従来にもまして加速した。また、10年ほど前の東日本大震災（２０１１年3月11日）の影響もある。復興、復旧への応援は全国、どこからも止むことはない。同じ日本人として一緒にこの国で生きているのだから。

さて、消費税アップで私たちの生活は、意識するかしないか、その微妙なレベルで、変わった。あるいはこれからも変わってゆく。別の言い方をすれば、変わらなければならないのであ

る。短期的にはこれは明らかに「ストレス」だろう。２％アップ、あるいは３％アップのストレス。そのせいで、スーパーでの買い物には一工夫もし、多少節約もする。しかし、いずれそれに慣れてくると、それはもうさしたるストレスではなくなる。「耐性」ができる。

実は、私たちの身体もいつもそういう変化を繰り返している。毎日、同じように寝て、起きて、食べて、働いて、そして食べて、また寝る。その繰り返しは、社会環境は違っていても、江戸時代でも古事記の時代でも同じなのだ。もちろん、食べるものは変わってきている。いわゆる飽食の時代にあって、メタボになりがちであることは覚悟しつつも美味しいものを食べ続けている。それでも幸いなことに、寿命は延びた。

長い歴史の中で、人間や動物はいろいろな時代を生きてきた。生き抜いてきた。最近の老化の研究からわかってきたことのひとつに「倹約遺伝子」という概念がある。細胞の代謝に関わる⊠３アドレナリン受容体やＦＡＢＰ２などがその代表例。これらの遺伝子からできる蛋白質は脂肪代謝系のコントロールを司る。これは生体内の代謝系を「倹約」モード、「貯蓄」モードにする遺伝子系だ。つまり、次にくるかもしれない食べられない時のために脂肪の蓄積を増やしておく。これは生命進化史の中で、大氷河期のような飢餓の時代に進化した遺伝子と考えられている。この倹約遺伝子とは逆の、いわば「浪費遺伝子」のようなものもある。要は、この倹約遺伝子や浪費遺伝子のような代謝バランスを制御する遺伝子群のオン・オフのスイッチをうまく入れられる人はメタボにならずに済む。だから、その誘導効率が私たちの「健やか度」を決める要因になる。

このような変化のスイッチをスムーズにできるようになるにはどうしたらいいのだろう?その一つの方法は「マイルドストレス」をしかけることだ。軽いジョギングや温泉もその一つだ。一食抜くこと（間欠食）もマイルドストレス、時にバイキング料理にありつくこと（過食）もマイルドストレス、かもしれない。変化は確実に刺激になる。その「小さな刺激」の連続が、長い生命の歴史の中で私たちの身体を強くたくましくしてきた。だから、2%、3%程度のマイルドストレスは、私たちの身体からすれば、何ともない許容範囲なのだ。しかも、これによって身体は自然に工夫もし、それに慣れるように変化していく。こういう流れが、いわゆる「生体恒常性」というバランス感覚なのだが、生きものにはその感覚がしみついている。

世の経済とは無縁のことだけれど、2%、3%アップ、おおいに結構。しっかりと受け止めて、自らの変革につなげてゆこう。それを飲み込めれば、この社会もまた一段、強くたくましく進化することになる。

「適度」を知る

環境への適応力、それが進化の基本だが、その適度を知るのが大事だ

２０１７年の夏（九州北部豪雨の年）は暑かった。私の住む九州北部では梅雨明けが7月末まで長引いた。さわやかにはほど遠い、じめじめとした初夏だった。7月というのに猛烈な台風も何度かここをかすめていった。しかし、そのころの暑さの中心は、九州よりもむしろ関東。東京では最高気温が35度を越える猛暑日が一週間も続いた。これは明治7年に東京の気象台がスタートしてから初めての記録だったという。この猛暑列島で、熱中症で病院へ搬送された方、また不幸にして畑などでそのまま亡くなられた方も多かった。多くは、身体の適応性の弱い高齢者だった。

テレビなどでは、連日のように注意を呼びかけていた。「こまめに水分を、そして適切に冷房を。」この「こまめに」と「適切に」に関して、いったいどのくらいがいいのか、という議論があった。一概にはいえないが、屋外にずっといるのであれば30分に一回の水分補給、室内の冷房は27～28度が目安、といったところだ。しかし、こういうことは本来、平均化してものがいえる

代物ではない。それぞれの人のおかれたその時々の状況に応じて対処していかなければならないことなのだ。自らの「判断力」、それが問われている。

先日、あるところで講演をした。聴衆は、おおかた中高年である。いってみれば自分の世代か若干上かというくらいだ。その世代の関心事は当然、自らの「老い」もある。だからまた、例によって「老化」の話をした。「脳からのアンチエイジング」といったテーマで話をすると、大まかな結論は「脳を適度に刺激しなさい」ということになる。ここでも「適度に」である。ではその「適度」はどの程度なのか?

このような状況では、いってみれば、どれもいい加減な話になる。「こまめに」も「適切に」も「適度に」も、決まったところはない。科学の話を何となくしていながら、実は科学的ではないところにおちつく。本音をいうとおかしなものなのだ。

たとえば、運動は身体にいいという。軽いジョギングでも水泳でもいい。しかし、やり過ぎはいけない。当然のことだ。疲労するほどやる必要はない。過度なストレスはよろしくない。脳の刺激も同様である。読書でもいい。映画鑑賞でもいい。あるいはいつもと違った環境での散歩や、だれかとの語らいでもいい。何でも、それなりに「いい刺激」になる。しかし、それが延々と続くのはよくない。一部のニューロン（神経細胞）を刺激し続けると過興奮になる。

するとそのニューロンは自滅する確率が高くなる。だから、脳内のニューロサーキットをバランスよく刺激するほうがいい。

いろいろなものをバランスよく。これは食べ物についても同じことだ。カロリー制限すると長生きになる。これはよく知られた事実だが、考えるまでもなく、日本ではすでに常識。「腹八分」の考え方だ。いいのは減らすことだけではない。いろいろなものをバランスよく。たとえば野菜をとる。いろいろな彩りのものを合わせるといいという。見た目にもにぎやかで楽しいが、その背後には色の違いに基づくカロチンやアントシアニンやフラボンなどの栄養素がある。別に色のないものでも、セルロースでもデンプンでもそれなりの栄養になる。だから、バランスと多様性。運動でも脳刺激でも食べ物でも、とにかく「いろいろ」を心がけるといい。

では、どのくらいがいいのか？先の「適切」や「適度」だが、これは自分で判断するのが一番だ。というよりむしろ、「自分にとっての適度」を自分で把握する力、それが大切だろう。

すこやかな老いへの心がけ、それは栄養、運動、環境の多様性とバランスを組み入れながら、自分でその「適度」を知ること。それを知る「脳力」を磨くこと、それが大切だ。

深呼吸

どんな生物も一生のあいだのリズム総数は同じ、ならばゆっくりと長いリズムで生きてみよう

先日、久しぶりに健診を受けた。日頃とくに不自由は感じないが、耳鳴りがする。意識してみるとおかしなもので、自分の中でいつも「キ〜〜〜ン」という音がする。「キ〜〜〜ン」と書くと「ン」があるから、そこで音が終わっていると思うだろう。しかし、実際にはずっと「キーーーーー」で、終わりがない。休みなくずっと高い音がうなっている。日常の中では逆に、無意識に意識しないようにしてやりすごしているのである。私の体にはまだうまい適応力がある。「はい、大きく息を吸って。はい、止めて。はい、終わり。」昔は結核が多かったからこんなことをしているのだろうが、今はほとんどが肺がんのチェックなのだろう。だが、喫煙人口も減ったからどの程度の効果があるのか、少なくとも自分はスキップしてもいいのではないか、そう思いながら検診車に入った。「大きく息を吸って、はい止めて。」昔は、X線フィルムだったから、結果は一週間後にわかりますといわれた。今は、デジタル画像だから即決である。検診をうけながらもう自分の肺の中が丸見えだ。だが、素人にはその画像の機微が読みとれないから、不安なく日常に戻ることができる。

少し放射線を浴びたが、気分は悪くない。大きく息をすう。ゆっくりと息をはく。ふだんは何も意識せずにスーハー、スーハーしているが、意識して大きく深く息をする。これはたしかに体にいい。肺の隅々にまで空気をいきわたらせる。それがじきに身体中の組織へ酸素の供給をしてくれる。別に、小さくスーハーしても、大きくスーハーしても、結局は同じように生きているかもしれない。しかし、ゆっくり大きく息をすればそこには意外な効果もある。

『ゾウの時間、ネズミの時間』（本川達雄著／中公新書）という本がある。大きなゾウはゆっくりと一生を過ごし、小さなネズミは急いで一生を過ごすのだが、一生の間の呼吸や心拍の総数はどんな動物でも同じだという。心拍数は二十億回、呼吸数は五億回。それを人間の寿命で割ってやれば、一分あたりの心拍数は60～80回、呼吸数は15～20回になる。ゾウはもっとゆっくりで、ネズミはとても早い。

実は、この生きるペースはクロックという時計遺伝子で刻まれている。ただし、このクロック遺伝子には一日の時間を刻むクロックと生きるペースを決めるクロックとがある。いわゆるサーカディアンリズムの時計遺伝子と、発生や成長のスピードを支配する時計遺伝子だ。いずれもclk（クロック）という名前だが、実体は違う。日周リズムではなく、日々の生活リズムを決める遺伝子clk-1（クロックワン）は、細胞の中のミトコンドリアがATP（エーティーピー）というエネルギーを生み出すときに使う補酵素、コエンザイムの合成酵素である。CoQ10（コキューテン）というサプリメントがあるが、それを作る酵素、その遺伝子だ。ミトコンドリアでエネルギーをつくる過程を細胞内呼吸というが、面白いことにそこでCoQが使われる。その元になるclk-1遺伝子は実は寿命遺伝子のひとつだ。カナダのマギル大学のジーク・ヘキミが発見した。clk-1遺伝子に変異が入って細胞内呼吸がゆっくり進むと、線虫もマウスも長生きになる。実は、動きもゆっくり、呼吸もゆっくり、脱糞もゆっくり。スローエイジングである。

多少、次元が違いはするが、ゆったりとした時間を意識しながら大きく深呼吸をしてみよう。ヨガでも太極拳でも、あるいはラジオ体操の最後でも、深呼吸はその精神的プラセボ効果も含めて、健やかへの糧になる。先のゾウとネズミの時間の原理に沿えば、一生の間に五億回、それをゆっくりこなせば、寿命は自然に長くなるというものだ。

深呼吸CoQ静めて秋深し

ホメオスタシスという日常から

ブレない自分、その大元には生命の恒常性がある、そのささやかな日常を大切にしよう

「ゆく河の流れは絶えずして、しかも、もとの水にあらず。」

なんとなく、どこかで聞いたことがあるかと思う。鴨長明の『方丈記』の冒頭の一節である。実は今年（２０１６年）は、鴨長明の没後八百年だ。彼は一二一六年の7月26日に没している。祇園祭のお囃子の音を遠くに聴きながら、床に伏していたのだろうか。暑い夏だったかもしれない。京都郊外の日野の地の「方丈」とよばれた小さな庵で隠遁の生活を送った人なのだが、元はといえば下鴨神社の禰宜《ねぎ》の家柄だった。しかし、父、鴨長継の死後、神職の地位に恵まれず、野に下った。

『方丈記』は鴨長明の晩年のエッセイ集である。晩年、といっても、五十代後半。62歳でこの世を去った。日常、ふと感じたことを綴っているが、大火事、竜巻、飢饉、大地震など、その時代の被災ニュースから思うことなども書き記している。まさに、神職を捨てた鎌倉時代のエッセイストだった。

「川の流れは絶えることはなく、しかもそこを流れる水はもとの同じ水ではない。」今日の水は昨日の水とは違い、明日のものとも違う。

そういえば、実は、私たち人間の身体もそのような存在でもある。

今日の私は昨日の私と同じ私という人間なのだが、分子的に考えれば、食べたもので「自分」の中身も入れ替わっている。全部ではないが、少しずついろんなところがだんだんに入れ替わる。そうして、何年も生きるうちに自分という姿も変わっていく。毎日が同じようなのに、いつのまにか変わった自分になっている。

端的にいえば、福岡伸一のいう「動的平衡」なのだが、別の言い方をすると、「清原和博が清原でない」というようなこと（清原の覚醒剤事件の頃の話題）にもなる。かつての親友で、同僚でもあった桑田真澄がいみじくもいった。「人生には代打はない。」

人生を川の流れにたとえれば、そのときどきに激流もあれば深いよどみもあるだろう。穏やかな清流もあるかと思えば、急に滝に出合い、時に流れを割かれることもあるかもしれない。しかし、だれもが流れ続けなければならないのだ。最初から最後まで清流であり続けることは難しい。水も多少は濁ることもある。誰と一緒に流れるか、それで道も、人生も変わってゆく。

先の「動的平衡」に話を戻せば、私たちの体内の細胞の一つひとつが、「代謝」という分子の世代交代の中で、変わり続けながらも一定の元の姿、本来の姿を保ち続ける。ホメオスタシス、恒常性という。この恒常性という日常性を保つこと、それが大事なのだが、それには揺れも、幅もある。揺らぎもあるが、また元に戻そうとする力もある。本来の軸をしっかりと保ち、そしてそこに戻す力がある。

四十年ほど前の夏の台湾での飛行機事故（1981年8月22日、遠東航空機墜落事故）で亡くなった向田邦子がこう書いていた。「人生を愛するには日常の些事を愛さなければいけない。」元は芥川龍之介の名言とされるものだが、向田邦子の作品には随所にそのことが散りばめられている。

「日常の些事」、とるにたらないつまらないこと。それでも、いやそれこそが大切と思えるとき、きっと安心感がふくらんでくるのだろう。「安心感」、心が安らぐこと。それはどこにあるのかといえば、それは脳の中である。脳の中のどこかに安心の巣がある。だが、今の科学ではそれがどこかはまだわかっていない（30「安心の巣」参照）。

世の中は何でもが上がった、下がった、経済効果で動いているように思えなくもない。確固とした倫理感や信念があっても、何かしら別の圧力で流されてしまうこともある。だけれども、今一度、自分の中の「恒常性の軸」を見つめてみたいものだ。自分の軸、それは当然、自分にしかわからない。そのまわりには自分の日常があるだろうし、そのどこかに自分の安心感が隠れている。

世の中は報酬系で回っているかもしれない。脳の中の報酬系は、中脳黒質や腹側被蓋野からのドーパミンと、ドラッグの薬理学でもうはっきりとわかっている。だが、脳の中の安心系は科学的にはまだ闇の中だ。長い人生の中で、身体的な健康や、楽しいことばかりでなく、ささやかでも安心していられること、そのしくみを知ることは大事だし、その大事さがわかることこそが大切と思える。

こうしていると、美空ひばりの歌声がきこえてくるような気がする。

♪ああ〜、川の流れのように〜♪

人生のすこやか、老いのすこやかは、身体だけでも、報酬だけでもない。最後はやはり、心のすこやかさ。それが大切だ。それはきっと、自分の日常のなかにある。そこの安定感を維持するのは何なのか、自分なりに考えてみれば、それが自分の恒常から安心をみつけることへの近道なのかもしれない。

朝起きて歯を磨く。顔を洗う。そして、誰かに「おはよう」といえる。こうして今日も、自分がいる。そう思えるささやかなすこやかさを大切にしたい。

背番号

誰にでも名前があるように個人番号もある時代、それに誇りをもって歩んでいこう

どんな年でもそうかもしれないけれど、「往年の名選手」、いつかそう呼ばれるであろう人たちが数多く引退してゆく。数々の誇るべき記録をうちたてた人たちだが、投手であれ野手であれ「現役」として最後の出番は、かろうじて用意されたものもあった。たった一人を相手とする先発投手がいた。九回の守備についてその裏、もう打席は回らないとベンチ深くに腰掛けたのに、仲間の選手たちが長くつないで、文字通り最後の打席をもらった選手もいた。皆、それぞれに自分の野球人生を総括し、笑顔でまた涙目でファンに別れを告げて野球場をあとにした。

だれにでも「背番号」があった。だれもが真っ白なユニホームに初めて袖を通し、真新しい帽子をかぶった日があった。皆、夢があった。しかし、その先の道は誰にも予想ができるものではない。長いながい努力の先に、結果だけが残り、その数字がものを言った。

自分も若いころ、しばらく日本を離れて米国で武者修行をした。無論、大リーグにいくほどはなばなしくはなかったが、人一倍努力はし、そこそこの成績も収めた。十年頑張ってロサンゼルスを去るころ、入れ代わりに野茂英雄がドジャースに入団した。「頑張ってくれよ」、心でそう声援を送っていた。職業柄、自分に背番号はなかったが、米国で生活を始めると、その国は外国人の自分にもたったひとつの固有の番号をくれた。ソーシャルセキュリティー番号、社会保障番号である。

年が明ける少し前に、日本でも国民のだれもが番号をもらうことになった（平成27年、2015年）。マイナンバーという社会保障・税番号制度の発足である。考えてみれば、以前から国民総背番号の議論はあった。運転免許証やパスポート、それに加えて最近、基礎年金番号というありがたい番号ももらった。さらにマイナンバーである。いったい何とも、私たちの背中は番号であふれかえることになった。これがみんなひとつになればいい。それが合理的だろう。しかし、そう簡単には集約できないらしい。しばらくはこのたくさんの番号でがまんするとしよう。

桁数は予想外に多いにせよ、これはふたつとない背番号である。自分以外にこの番号を背負う人間はいない。いわば「永久欠番」だ。そう思うと、自分にとっても誇らしいかけがえのない数字となる。

この制度の発足に不安を覚える人もいる。誰かにこの番号を悪用されるのではないか？個人情報が漏れるのではないか？だが、この正月、そんな足元ばかりみないで、この自分の番号とともに先を見よう。その人にしかないもの、唯一無二のものがある。これはむしろありがたいことである。何か万一のことがあっても、誤謬無く自分を特定してくれる。万一、自分に何かあっても、唯一無二の数、それが自分を代表してくれる。

そもそも私たちの身体の中には、そのような唯一無二のものがある。親や先祖から連綿とつながる遺伝子「ＤＮＡ」という代物だ。このＤＮＡは、Ａ・Ｇ・Ｃ・Ｔという四文字で書かれている情報文である。これはあえて１２３４に置き換えてみてもいい。すると1から4までの数字が並ぶ番号となる。そうしてできる遺伝子番号は個人特定の有力な資源となる。これはしかも生物学的な類縁性を暗示した形の数値となる。つまり、自分の親との類縁性、兄弟姉妹や従兄弟との関係性も数値の近さで表現できる。それでいて、他にはない固有の数字となる。

今のマイナンバーは親とも兄弟とも無縁だろう。そう思うと何か寂しいものが走る。自分がいる証し、それはただ番号の羅列ではなくＤＮＡのように意味をもつ情報であればこそ大事さがつのってくる。私たち個人個人のＤＮＡは、いわば１２３４の数値の羅列なのだが、深い意味をもった番号なのだ。ただし、この遺伝子番号は、とてつもなく長い。実際には「1億総活躍」どころではなく、30億個の数字がならんで活躍している。全部を使うのはとても無理な話だが、「指紋」のような領域を使うのが有効だろう。科学警察が犯人の特定に利用する、いわゆるＤＮＡ鑑定で使う部分である。十二桁には簡単には収まらないだろうけれど、将来のマイナンバーはこの社会に生きた証し、この時代の地球に自分がいた証し、そんなものがにじみ出るような番号であってほしいと願う。

十二桁を背中にはりつけることはできないけれど、せめてその下二桁くらいを縫い付けて今年一年頑張ってみようかと思う。

第3章

天の川

空には夢がある。どこまでも広がる空。これほど広い世界はない。そこはすべての故郷でもある。しかし、夜は漆黒。そんな中で、人はやはり光に惹かれる。だから、世界中の人が、夏の夜空を見上げて、その中の天の川に魅せられた。そして、その傍らの星に願いを託す。小学校に上がるころ、北海道の富良野と美瑛の間の小さな町に住んでいた。まだ、「北の家族」も快適な冷暖房もない時代である。鉄道の駅の横に積まれた丸太の山に登って遊んだこと、夏の日に、七夕の笹をかついで、近所の友達と大きな川へ流しにいったことを覚えている。それは今思えば、空知川の支流、ヌッカクシ富良野川だったのかと思う。大きな橋の上から、七夕の笹を投げ捨てた。七夕には夢がある。その夢はすべて未来への夢だ。子供の頃のその夢がどうなったかはわからないけれど、いま、遠く離れた土地で、とうに還暦を過ぎ古希も近い。「老い」を考えている。子供のころの七夕の夢は、天の川を流れて、今どこを彷徨うのだろう？

森美和「七夕」(2018)

天の川

寂しさに迷うこともある、そんな時こそ上を向いて、空をみて、また前へ進もう

このごろ空を見ていない。何となく、下ばかり見ている。いけない、とふと思う。子どもの頃はいつも上を見ていた。前を見なさい、先をみて行きなさい、生きていきなさい。親からも、先生からもいつもそう言われた。そのように思う。

でも、「もう疲れた」とはまだ言わないけれど、「少し休みたい」そう思う時がある。前よりも後ろ、上よりも下、そのほうが安心する。そう思うのは、なぜだろう。自分の足跡があるからだろうか。自分の辿った道がみえる、それが安心へつながる。

若いときは夢があった。今もないわけではないが、夢の大きさも種類も控えめになった。分相応、これも大人になった証拠だろう。でも、夢はなにも人を傷つけないから、分相応などと卑下することはない。前を向いて、上をみて、そしてまた新しい夢を描いて、少しでも先へ進めばいい。

あるとき神社を訪れた。夜の境内は、寂しい。けれど、その漆黒と静寂の中で必ず、神様がすぐそばにいてくれるような気がしてくる。神様がいる、いてくれる。そう思うのは、やはりひとりのときである。昼間大勢の人の中にいたら、神様は私なんて見ないだろう。気にかけてもくれない。暗闇の中で静寂の中で、ひとり静かに手を合わせる。これでまた少し楽になった。

ふりかえって上を見ると、黒い樹々の葉の間がうっすらと明るい。あっ、天の川。昼間は見えないけれど、夜の寂しいときにだけ自分の上にも降りそそいでくれる。

七月は七夕だ。五色の短冊に願い事を書いて笹の葉に結ぶ。色鮮やかな紙で、吹き流しや巾着を飾り付けて、折り鶴もかける。織姫と彦星の恋物語はさしおいて、夏の星空に願いを託す。叶えられなくてもいい。ただ何となく、安心が欲しい。自分の、いや、自分以上に家族の、自分の大切な人たちに幸せがめぐるよう。それをささやかに祈る。

風にそよぐ吹き流しには長寿の願いが込められている。蛇腹でふっくらとした巾着には節約や貯蓄の意味がある。すこやかで堅実な生活を願うのだが、にぎやかな祭り時よりも、ささやかな願いをしるす、そのつつましやかな時間こそが大切に思える。

子どもの頃、七夕の時期が終わると、その笹を、竹をかついで、山すその川へ流しにいった。どこまで流れるかわからなかったけれど、子どもたちは橋から投げ入れて、見送った。ほんとうはその五色の願いが笹と一緒に、天の川へ届いてほしい、そんな思いの夕暮れだった。まだ織姫も彦星も関係ない子どもにとって、ただ先への夢を思うひと時だった。

織姫はベガ、彦星はアルタイル。こと座とわし座の明るい星だ。天の川、その両岸に佇む。夏の夜空にそれを探すときは、まず白鳥座をみつけることだ。南へ向かう大きな十字の白鳥をみつけたら、その尾に光るのがデネブ。そこから明るい三角形を天の川の中に拾い出す。デネブとベガとアルタイル。夏の大三角形がみえてくる。その三角形がみつかると、なんともうれしいものだけれど、それを浮かべておおきく流れるうっすらと白い天の川に気づくとき、だれもがきっと不思議な感覚におそわれる。大きな宇宙の中で、銀河の中で、確かに自分が生きている。小さな存在だけど、それが全てをつくるひとつでもある。自分もやはりかけがえのない存在なのだと。

暗闇の中で神様がそばに来てくれたような気がしたが、あれは神様だったのだろうか？ご先祖様だったのだろうか？先祖の霊、お盆にはそれが降り立つ。それをお迎えするようにお盆があり、その始めに七夕がある。七夕は、もとは「棚機」や「棚幡」で、先祖の霊を迎える棚を用意することから始まったという。だから、七月七日だけでなく、地方では八月のお盆までこの五色の飾りがたなびく。

日本では一月一日に正月を祝い、三月三日に女の子を祝い、五月五日に男の子の成長を祝う。

そして七月七日に七夕なのだが、これは先祖を祝うように、自分たちがすこやかに生かされているることを先祖に感謝する、そんな節句なのだ。その先は九月九日ではないが「敬老」の日がある。正月からだんだんに成長して夏には家族皆の節句だ。今ある生に感謝して、そして盆を送って老いを言祝ぐ。そうすると、十月には神様は一安心してお休みになる「神無月」となるのだろう。

このごろ下ばかり見ていた。前ばかりみるのに少し疲れた。そんな時こそ、立ち止まって上をみようかと思う。夏の夜空には、きっと天の川がみていてくれる。

天の川、それはすこやかな長寿への願いの川でもある。天寿とは一一八歳、川寿とは一一一歳。「天」と「川」の文字がそれを具現している。百寿を越えてもまだまだ先への夢は広がる。

十三夜

徒然草の侘び寂びの世界のように私たちの身体にもあるもののあはれ、隈なきものでなくともそれに感謝を

井上陽水の「神無月」（正しくは「神無月にかこまれて」）は不思議な歌だと思う。歌詞はまさに和歌の真髄でありながら、曲は当時の日本の高度成長期のリズムで弾けている。


人恋しと泣けば十三夜♪

月はおぼろ淡い色具合♪

雲は月を隠さぬようにやさしく流れ♪

丸い月には流れる雲が♪

ちぎれた雲がよく似合う♪


この曲の歌詞を聴いてすぐに思い出されるのは『徒然草』の一節だろう。

「花は盛りに、月は隈なきをのみ見るものかは。。。」

吉田兼好の作で、鎌倉末期というから、今から七百年ほども前なのだが、時代は変わっても、人の思いはさほど変わらない。現代人に共通する感性がたくさん表現されている。『徒然草』の世界は「もののあはれ」の世界である。先の「花は盛りに。。。」に続くのは、「雨に向かいて月を恋い、垂れ込めて春の行方知らぬも、なほあはれに情け深し。」

要は、ベストのときでなくとも見所はいろいろあるだろう。今は何にも美しいものは見えなくても、それでもしみじみとした趣を感じとることはできる。それこそが奥ゆかしい楽しみなのだ。いわゆる「侘《わ》び寂《さ》び」の世界。兼好の徒然は控えめな奥の美を良しとしたのである。

神無月の十三夜は、中秋の名月のあとの名残の月だ。完全な満月よりも、それに少し足りない。その姿にこそ控えめな美を感じとる。日本古来の淡い感性である。十六夜《いざよい》のためらいもこれに類する想いなのだろう。神無月の十月は、神々の参勤交代のようなもので、八百万《やおよろず》の神々がみな出雲へ出張なさる。だから、出雲の国では「神在月《かみありづき》」。面白い言い方だと思う。逆にいうと、出雲ではこの月を除いてほぼ一年中が神無月となってしまう。

神様がいてもいなくても、月は美しいものだ。くっきりと澄んだ月も、少し雲に隠れていても、また淡く霞んでも「あはれ」を想う。ものの見方、見え方はこちらの心持ち次第なのだ。

少し大げさな言い方になるが、私たちの体の中にもいろいろな月がある。「半月板」というのはよく聞く名前だろう。足の膝小僧の軟骨だ。軟骨というのははかないもので、壊れたら再生しない。骨は折れても繋がったり再生するのに、軟骨はそれができない。だから、大事にしたい。「半月弁」というのもある。心臓から全身へ血液を出す。その動脈血が心臓へ逆流しないようにしっかりと塞《ふさ》ぐ。右と左と後ろ、3枚の弁で太い血管をピタッと閉める。心臓の拍動に合わせて休みなく働いている。

首から上の顔面の感覚はみな三叉《さんさ》神経で伝わるのだが、その節目になっているのがガッセルの「半月神経節」。三つ叉の神経節で、ニューロンの大きな節の塊から眼と上顎と下顎の方向へ三本の太い神経の束が伸びる。それで顔全体の知覚を感知する。あと、顔面に限らず、頭部全体の動きを統括しているのが小脳の「上半月葉《よう》」「下半月葉」。大脳でいう前頭葉、後頭葉のようなものだ。小脳の赤道にあたる水平裂の上と下に広がっている。

このように、人体に半月はたくさんあるのだが、満月や三日月はない。まして十三日目の月などマニアックなものはない。でも、半月の板や弁や節や葉とともに私たちの体はつつがなく生きている。十三夜の月を愛でつつ、改めて身体の健やかに、たとえそれが隈なきものではないとしても、いま在ることに感謝しておこう。

月の夜

スーパームーンやブラッディームーン、その先にはイトカワやリュウグウ、たくさんの星々の中に生きながら、自分を思い、人を想う

未明には皆既月食になる。そんなことを聞いた前の晩、東の空には大きな月があった。完璧な満月だ。よくみるとその右手に明るい星がある。火星だった。その晩の月を米国ではブラッディームーンと呼んでいた。レッドムーンではなくブラッディー。日本人の感覚からするとなんとも生々しい。

思えば数年前の秋、学会で出かけていたサンディエゴでスーパームーンを見たことがある。秋の名月がその年はとくに地球に近く、大きな豪華な月だとして多くの人がムーンハントをしながら夕暮れの街を歩いた。南カリフォルニアの風雅な建物やヤシの先に光る白い月。誰もがそれを求めて歩いた。秋の夜長に月を愛でる。それは何も日本や東洋だけのものではないのだと、その時初めて知った。

先日のブラッディームーンの端にあった明るい星、火星。それはまさに紅い星だ。子供のころはだれもが火星人を信じていた。少年サンデーでもジャンプでも、クラゲのおばけのような火星人を男の子は誰もが信じた。

遠い星のことも、今ではすべてが現実になる。その分、夢は、少し消えた。NASAが火星探査機を飛ばして、小さなトラクターのようなビーグル号を火星の上を走らせた。その画像は鮮烈だった。デスバレーのような砂漠をビーグル号はひた走った。そして水が流れた跡がある、とニュースになった。

ビーグル号とは、もともとは船の名前である。十八世紀に英国のチャールズ・ダーウィンが乗って世界周遊した船である。南米大陸の南を回って、ペルー沖でガラパゴス諸島に立ち寄った。そこの島々の動物たちの微妙な差異から、ダーウィンは見えない真理を探り出した。環境が生き物を変える。自然の中で適者が生き延びる。いわゆる「自然選択」の概念に気づいた。たくさんの標本を船に積み込んで、帰国後もじっくりと考察し、膨大な原稿を慎重に推敲を重ねて『種の起源』という本として出版した。1854年の11月23日、ロンドンの街でその本は1日で三千部を完売したという。神様がアダムとイブを造ったのではなく、自然が人を作った。霊長類のサルから人類のヒトへと進化した。昨今、さまざまなことに使われる「進化」という言葉の原理の大元が、そこにあった。

月は遠い。火星はもっと遠い。だが、もっともっと遠いところにもたくさんの星がある。太陽系、銀河系、そして宇宙。宇宙の先には何があるのか、凡人にはわからないが、太陽系のことくらいなら少しはわかる。日本のＪＡＸＡは数年前から小惑星探索機を打ち上げている。第一号はハヤブサ、そして今、ハヤブサ２（ツー）。第一号はイトカワに降り立ち、いま、第二号がリュウグウに降り立とうとしている（２０１９年）。イトカワにしろリュウグウにしろ、これらは火星と木星の軌道の中間点にある大きな帯状の小惑星群である。いってみれば小さな星屑だ。探査機から送られてくる画像をみて、誰もが驚いた。イトカワはいびつなそら豆のようだし、リュウグウは不出来なぶつぶつのサイコロのような形だった。美しい球形の星ではなく、チビの出来損ないの星クズだった。だのに、科学者たちはそこに大きな価値を認めている。宇宙の成り立ちの原点をみる、生命の始まりの痕跡を探る、そんな希望を抱いている。イトカワもリュウグウもけっしてクズではないのだ。

太陽系の中で、大きな輪を広げた土星の姿は美しい。いくつもの惑星を従えた木星は堂々としている。それよりもはるかに小さいけれど、青い地球はもっと美しい。そこには緑もあるし、水もある。空気があって、多くの生き物が一緒に生きている。自分がいて、また大切な人たちがいる。そんな中で、最近、ハヤブサ２から届くニュースを見ていると、無数のいびつな小惑星群が、個性をもった人間のように思えてならない。多少、ゆがんでいてもいい、ぶつぶつでもいい。姿をもって生きていること、それをありがたいことと心底思う。

さて、話は飛ぶが、先日、自分の車の走行距離が十万キロを超えた。夏の週末、二日間で六百五十キロのドライブだった。そんな旅の途中でメーターが節目を超えて1のあとにゼロが並んだ。それは自分にとって初めての土地への旅、それも見知らぬ人の十三回忌への旅だった。運転をしながら、ずっとその人の人生を思った。楽しいことも、辛いことも、いろいろあったろう。早く逝くことに、未練も、悩みも、迷いも多々あったに違いない。そして何よりも家族を残して先に旅立つことの無念さは計り知れない。だが、それもひとつの人生。それを受け止めて、周りがまた生きていく。今年の夏は、日本中猛暑で、大雨で浸水の被害も多かった。適者生存などとはいわず、だが、それも自然の営みとして受け入れよう。そして残された人から思いをはせる。それがあれば、何もが許されもしよう。

旅から戻って、月をみる。ブラッディームーン。火星をともなった紅い大きな月だった。その夜明け前、朝5時過ぎにふと気づいて家の外へでてみた。西の空低く、そこには完璧な皆既月食がかすかなダイヤモンドリングを残して消える寸前だった。そこには、月は消えても、わが地球の影を見ている。陰の中の陽、陽の中の陰。世の裏腹が、あるいは生命の裏表が、妙に重なった世界だった。

世代をこえて

親から子へ伝わる遺伝子、その端っこにわずかな修飾、いわば遺伝子の化粧が私たちを強くする

親から子へ，子から孫へ、伝わるものがある。

「それ、遺伝子でしょ。」すぐにそう思った人はなかなかの生物通である。でも、世間的には「それは遺産よ。」こう答える人は世俗的だ。いや、現実的、即物的なあっさりした人なのだろう。しかし、今回は、「寿命もそうなの。」という話をしよう。

親から子へ、子から孫へ、寿命が伝わる。長寿は長寿、短命は短命なのだ。要は家系の話である。世代を越えた命のつながり、それにある種の傾向があるのだ。

「それは、不公平だ。」そう思うかもしれない。それも、そうだ。誰もが、短命よりは長命がいいに決まっている。だが、それは自分で選んで生まれてくることはできない。

性格も才能も、身体も寿命も、それらはみな「親からの授かりもの」なのだ。それは考えようによっては、「神様がくれたもの」でもある。それを「有り難い」と受け止めて、大切に生きる。

そしてとにかく生きること、生きぬくこと、それが大切だ。

身体も頭脳も、すべては与えられたものである。そのすべてはやはり遺伝子に基づいている。身体をつくる遺伝子、脳をつくる遺伝子、それらを機能させる遺伝子、時に、ストレスから防御する遺伝子。最近は、幹細胞《ステムセル》を維持する遺伝子、そこから細胞の再生を促す遺伝子、そんなものもわかってきた。もちろん、寿命をきめる遺伝子もある。

身体も頭脳も、そこそこのレベルのものを神様からいただいても、それを放っておいたら、それはただのもので終わってしまう。今年はリオのオリンピックがあった。水泳でも卓球でも、柔道でも体操でも、一流のアスリートといわれる人たちは、素質や才能だけでは生きていない。皆、非凡な「努力」の賜物である。すさまじい鍛錬があり、必死の戦いがあった。それを乗り越えてのメダルだから、地球の裏側にいた私たちもテレビ画面に釘付けになり、選手たちは満面の笑顔でも時に涙し、その涙のお裾分けを私たちはもらった。

天性や資質だけではものにならない。だから不断の「努力」が大切だ。オリンピックでもノーベル賞でも、私たちはその度にそれを思い返す。すごい、偉い、最高!だから私も頑張ろう。たとえ一時でもそう思えば、それでいい。凡人はそこそこに、からだを痛めない程度で日常を楽しもう。とにかく、もって生まれた天性や資質だけではダメで、「努力」が大切なのだ。

ではその努力は身にどう付くのだろう？ それが最近、分子のレベルで具体的にわかってきた。遺伝子だけではダメ、ゲノムだけではダメで、要は「エピゲノム」が大事とわかってきた。「エピゲノム」、それは状況に応じて、遺伝子の形を少し変える。その時々の環境に適合させることだ。いつも同じではなく、場に応じてちょっと変える。それができれば少し強くなる。だから、スポーツ選手も科学者も、あるいは営業マンでも、その人の身体の中で、筋肉細胞や神経細胞、あるいはそこに栄養を補給する血液系や、代謝レベルを調節するホルモン分泌など、からだの中のさまざまな組織の細胞で、外界の状況に応じて自身を適合させる。細胞の核の中の遺伝子、ＤＮＡのシトシンという分子の端っこに「メチル化」という修飾を入れ、その遺伝子を取り巻いているヒストンという分子に「アセチル化」という修飾をする。そんな細かな作業をミリ秒単位の時間スケールで変化し続ける。それを延々と繰り返す中で、応答性が非常によくなる。感度があがる。これは脳の中のニューロンの「可塑性」といわれる応答性にも似ている。

遺伝子だけではだめで、普段の「努力」で培われる「修飾」、いわば「遺伝子を化粧する」のだが、その力、エピゲノムの変換能力が細胞や組織のロバストネスともいわれる生命力を支える。

そんな遺伝子の「化粧力」が寿命の長短にも関わる。単に長寿遺伝子があってもダメで、それをうまく作用させられるかどうか、それはこの「エピ」の力にかかっている。そして、その変換力は世代をこえて伝わる。そんなことが土の中にいる体長一ミリほどの「線虫」という動物の老化研究からわかってきた。動物といってもとても小さい。たぶんこの神社の土の中にもたくさんいる。

「エピ」を鍛えよう。今の自分にできるのは「努力」だ。それがもって生まれた「遺伝子」のあり方を変える。その努力の汗が子にも伝わる。孫にも染みわたる。

先日、パン屋で「ベーコンエピ」というのがあった。細長く、左右に交互に切れ目が入って、ちょっと尖っている。麦穂の形なのだが、その「エピ」の元の意味は端っこだ。遺伝子のらせんの端をちょっと変える。それは自分の「努力」で変わる。それが寿命にもはねかえる。こうして、長寿が世代をこえて伝わってゆく。そして人類はイヌやサルより長生きになった。めでたし、めでたし。

平成の養生訓

貝原益軒の時代と同様、養生のコツは栄養と環境と運動だが、その先の老いに寄り添う気持ちのもちようも大事だ

今上天皇が生前退位のご意向を示されて、「平成」の世の中がいつまで続くのか急に不安になる、そんな時があった。ふりかえるとその「平成」の時代が始まったとき、私はこの国にはいなかった。まだネットのない時代、時差のある夜のテレビの日本語放送で、昭和天皇崩御について知った。週末だったのだろう。翌朝、ロサンゼルスのダウンタウンにある総領事館の一室で静かに記帳させていただいた。ひとつの時代が終わる。そのことの重みを噛みしめながら自分の名前を小さく記した。その日から数日は、日本語のテレビ番組は消えて、静かな情景と音楽がいつまでもながれていた。

よく「激動の昭和」という。それに比べれば、「平成」の時代は、その名のとおり平穏な、ある意味では成熟した社会であるように思える。しかし、バブル崩壊後の経済の低迷、極端なまでの少子高齢化、女性の社会進出はいいとしても、そのための晩婚化、そしてその分、草食

系でか細く白身の男性が増えた。男の逞しさが消えて、女性の強さが目立つ。穏やかで優しい平成。でも、その平穏な成熟社会にはあきらかに老化の兆しがある。人間と同じように、社会にも成長期もあれば老衰期もある。そしてまた生まれ変わるときもきっとあるのだろう。

時代は変わるものだ。それと同じように、人も変わるものだ。ある土地に生まれ、地域に育ち、世間をわたり、そしていつのまにか家族を育み、社会に資する人間になっている。自分ではまだ若いつもりなのに、傍《はた》からはそれなりに、相応にみられている。つまり、知らずしらず「老い」がしのびより、馴染み、少しはもう染みついてきている。

このような時、このごろは誰もがアンチエイジングを口にする。少しでも若くありたい。長く生きたい。老いは嫌だ。若返りたい。多くの人はそう思うのだろう。テレビでは健康番組が大流行《おおはや》りだ。世俗的には、アンチエイジング第一。それが理想なのだろう。それはまた、いたしかたのないことでもある。今の時代に限ったことではなく、古代からクレオパトラでも始皇帝でも、誰もが望んだ。生への執着、人間の業《ごう》である。

江戸時代中期、福岡藩の儒学者、貝原益軒は晩年に著した健康指南書『養生訓』の中で、いわゆる「腹八分」の概念を記した。濃い味や油分、肉類を控えることも説いた。食に関する注意が多いが、すべて今日のアンチエイジングの基礎に通じる。最終章の八章には「老を養う」

の項がある。「老後の一日、千金にあたるべし」。健康で過ごせる老いの一日、それは有り難いもの、そのとおりである。

益軒は意外にも、運動のこと、環境のことにあまり言及していない。最近の老化研究で明らかなのは、「食を慎み、適度な運動をし、脳に刺激を入れる」、これが大切だ。別の言い方をすると、「カロリー控えめ、刺激は多め、そして時々シェープアップ！」だ。健康長寿への三本柱、要は、「栄養と環境と運動」なのだ。

そうなのだが、人工的なサプリメントにたよるのは望ましくない。お薦めはやはりバランスある自然食。運動も刺激も「適度」がミソで、各自にはどよいバランスを理解することが大事だ。自分には何がどれほどいいのか。他人のまねではなく、自分独自の「適度なバランス」を栄養でも運動でも知的な刺激でも考えておく。それを自己管理できるかどうかにかかっている。

それと、もうひとつ重要なのは「考え方改革」だろう。老年期の幸せを考えると、ただ単に「アンチエイジング戦略」だけではダメである。「老いによりそう」、そういう気持ちが芽生えないといけない。自らの老いによりそう。アンチ、アンチといわずに「老い」を受け入れようではないか。だれもが老いるのはあたりまえなのだ。いずれ死がおとずれる。それもあたりまえなのだ。いつかは覚悟しなくてはいけないし、気持ちの上で、少しずつ準備しておかなくてはいけない。そうでなければ「老いの幸せ」は決して訪れないだろう。

昔はいい老人が多かった。最近は、いいご老人をみかけることがとても少なくなった。それは寂しいことだ。アンチ、アンチと老いに抗する老人よりも、静かに老いを受入れ、それでいて幸せを彷彿とさせる、そんな老人に会いたいと思う。

では、どうしたら「老いの幸せ」に近づけるのか。益軒の『養生訓』を見直すと、その冒頭にもう書いてあった。道を行い善を積むこと、健康な生活を楽しむこと、そして長寿を楽しむこと。必要なのは老いの精神の修養、いわば「老いの品格」なのである。道を行い善を積む、つまりそれは、自分の存在が周囲に何かの役に立っている、そういう感覚がほしいということだ。

要は「生きがい」である。今日の巷のアンチエイジングにはこの道徳が欠けている。話の夕ネに、ポリフェノールを語るもいい。「CoQ10やセサミンでちょっと元気になったんよ」、そう言って元気になるのも時にはいいだろう。でも、大事なのは自立した老いを生きること。自分なりの小さな生き甲斐をみつけて、静かに自らの老いによりそう。これこそが本当の「老いの理想郷」となるのだろう。それを得るには、幸い、クレオパトラの美貌も始皇帝の権力もいらない。昭和から平成の時代を、そしてまたいまの令和の時代を生きるごく普通の人々の手にも届くささやかな理想郷である。

土俵の神様

日本の国技としての大相撲には「節制の美学」があるが、その影に昔の力士たちにはいつも「おかげさま」の心があった

荒磯親方（現在は二所ノ関親方）がまだ稀勢の里だった頃（2017年）の話である。相撲が面白くなってきた。今年の初場所で大関稀勢の里が優勝して横綱昇進が確実視されたかと思えば、その週のうちに新横綱の誕生となった。日本人としては若乃花以来の十九年ぶりという。なかなか気のもまれた昇進だったが、決まるときは決まる。物事が動く時は早い。ある意味、あっけない。まさに相撲だ。

相撲は勝負である。成績は白黒の星の数だけで決まる。勝ちが多ければ位も上がり、負けが込めば落ちる。だが、相撲は勝ち負けだけではない、という世界観もある。仕切り前の両者のにらみ合いや時間の流れにも見るものがあり、花道を去る負け力士の後ろ姿にも人生を学ぶことがある。

時に天覧相撲というのもあるが、相撲はもとはといえば神への祀りごとのひとつだった。

642年に皇極天皇が賓客の前で相撲をとらせた記述が『日本書紀』にあるという。726年には聖武天皇が豊作に感謝して伊勢神宮をはじめとする二十一の神社に力人、いまでいう力士を集めて、感謝の祈りを捧げて相撲を取らせたらしい。だから、今も、多くの神社に相撲の土俵がある。相撲は神事なのである。

東京両国の国技館でも、あるいは地方場所でも、本場所初日の前日には土が盛られ、土俵がつくられる。そのとき、土俵に神様をお迎えする儀式があるという。「勝負の三神」、高御産巣日神《たかみむすびのかみ》、神産巣日神《かみむすびのかみ》、天御中主神《あめのみなかぬしのかみ》を迎えるのだという。相撲中継をテレビで見ていると、土俵の上の吊り屋根の四隅から色のついた房が垂れている。よくいう黒房（正面）、白房（西）、赤房（向こう）、青房（東）だが、そこには力を司る神々が宿るという。多聞天（北）、広目天（西）、増長天（南）、持国天（東）、つまり奈良の東大寺の大仏を守る神々と同じだ。そうして、十五日間の本場所の大相撲は、こういう神々の下で神聖に執り行われるのである。

このような神々の下での相撲には「節制の美」がある。「抑制の美」といってもいい。どんなに大きくても、強くても、つつましやかな立ち居振る舞い、それが美徳である。勝利してのガッツポーズは厳に戒められる。まさに、ここに日本的な美の精神があるのであろう。勝ち誇るのではなく、誇りは内に秘める。人の強さは、おのずと周りが見て取るのである。誇示はいけない。また、強さは決して力だけではない。精神の強さあっての勝利なのだ。不思議なことだが、相撲は相手あっての勝負なのだが、一番戦っているのは内なる自分である。おのれに勝つ。己の弱さに勝つ。そしてなおも、周りに感謝し、そうした自分に納得すれば、ついに涙が頬を伝うこともある。大男の一粒の涙、そこに至るまでの道を思えば、その意味は計り知れない。

最近の相撲の面白さは何も新横綱だけでなく、若い力士や小柄な力士の活躍もある。いわゆる小兵だが、飛んだり跳ねたり、土俵狭しと走り回り、時に思いがけない技が出たりもする。土俵は直径十五尺、およそ4.5メートルの円である。立ち合いの押しで一気に突っ走れば、あっという間だ。しかし、「円は無限」ともいう。直線では一気に終わるが、円く回れば延々と続き終わりがない。昭和の相撲の全盛期、柏戸は直線の力士、大鵬は曲線の力士といわれた。直線にせよ、曲線にせよ、いずれも美しい勝ちだった。

何だか、こう書いてくると、いったいどこが「すこやか」なのかといぶかられても仕方ない。力士の健康の話をすれば、それは正直、メタボで短命である。身体を無理しているのは否めない。運動は健康にいいと誰もがいうが、その運動量のレベルが格段に違う。食べて体重をつけるのも、不自然といっても仕方がない。だが、関取はだれもが短命かというと、そうではないこともある。

ちょうど今から百年ほど前、明治時代の横綱だった梅ヶ谷藤太郎《うめがたにとうたろう》（初代）は83歳で没した。それが横綱の最長寿である。梅ヶ谷は福岡県の朝倉の出で、18歳で大坂相撲に入り、24歳で新入幕、翌年一気に大関にまで上り詰めたが、その年の暮れに東京相撲へ移籍。当時は東京と大阪で別々に相撲をしていて、東が上、西は下という評価があった。いろいろ苦難もあったが、梅ヶ谷は東の相撲でも勝ち上がって、関脇、大関の間に58連勝、そのあと一敗を喫するが、すぐまた35連勝を記録している。そして39歳で第15代横綱になった。引退後も角界の重鎮として相撲界の発展に尽くした。まさに、大阪相撲から日本一の横綱になった大力士である。

急にこんな話を書いてみたのは、第72代の新横綱稀勢の里の誕生もあるが、もう一つ、先日届いた、長寿科学振興財団という国の老化研究を支援している団体の広報誌『エイジングアンドヘルス』の表紙に相撲ジャーナリストの杉山邦博さん、かつてのＮＨＫの相撲解説アナウンサーの顔があったからでもある。今も現役で、年六場所九十日のうち八十日以上、現場で取材を続けているという、こちらも傑出した相撲人生、御年86歳、ばりばりの現役である。

その人へのインタビューから学ぶことは「おかげさま」の心。ご本人もそうだが、大横綱、大鵬への優勝インタビューでいつも「おかげさんで」を聞いたという。今日勝てたのもおかげさん、ここにいるのもおかげさん。それは、きっといつも土俵の神様が見ていてくれたからなのだろう。

酒造り、人作り、国づくり

酒やビール作りに欠かせない酵母、それが意外にも老化や寿命を研究する格好のモデル生物になり、長寿遺伝子もそこから見つかった

春は白酒、夏はビール、秋はボジョレー、冬は熱燗。何も吟醸や大吟醸でなくとも、庶民の楽しみは多い。私たちは何と豊かな国に暮らしているのだろう。有り難いことだ。

前項で明治時代の大横綱、梅ヶ谷藤太郎のことを書いたが、その梅ヶ谷の故郷、福岡県南部の朝倉を訪ねてみたことがあった。桜花乱舞の山里を抜けると、周辺には果樹園が広がる。思いがけず出会ったスモモの花の大群落に、一時、ここは桃源郷かと思いまどうほどだった。そこからひとつ山を越えれば大分県に入る。日田盆地なのだが、そこは筑後川上流、三隈川の流域に広がる天領の町。阿蘇や久住の山々、耶馬渓の水を集めて、清水ゆたかな水郷《すいきょう》である。米があり、麦がある。そして豊かな水がある。するとそこには、地酒の酒蔵はもちろん、某大手酒造の焼酎工場とまた別の会社の大きなビール工場があった。

酒造り、焼酎造り、ビール製造の基本は酵母による「発酵」である。米でも芋でも麦でも、とにかくアルコール発酵を進めるには酵母なくしてはなりたたない。酵母には出芽酵母と分裂酵母があるが、醸造に利用されるのはみな出芽酵母だ。母細胞《ぼさいぼう》からプチッと小さな膨らみが出て、それが娘細胞《じょうさいぼう》となって落ちる。その出芽は何回でもできるのかというとそうではなく、一定の回数で限界になる。子供を産む回数は無限ではない。だいたい25回産んで終わる。つまりそれが「酵母の寿命」である。

面白いことに、老化研究にもこの酵母が使われている。米国のボストンのマサチューセッツ工科大学のレニー・ガーランテ博士らのグループがこの酵母の寿命を制御する遺伝子をみつけた。研究室の培養器の中で酵母の遺伝子にやみくもに変異が起こるようにして遺伝子を撹乱する。そんな中から寿命が変わる酵母をとりだした。そして変化した遺伝子をつきとめた。それがＳｉｒ２（サーツー）遺伝子だった。大元の名前はサイレントレギュレーター２番。ある種の遺伝子発現を抑制する遺伝子。酵母の中で、生命活動に必要なさまざまな遺伝子のうち、どれがオンでどれがオフか、それを決める。いわば司令塔の役割をする大事な遺伝子だった。

このＳｉｒ２に相当する遺伝子がヒトにもマウスにもある。ＳＩＲＴ１（サーティーワン）というのだが、そのＳＩＲＴ１の活性を上げれば細胞は元気になり、動物は長寿になる。癌や老年病が減って、長生きになる。だからＳＩＲＴ１は「長寿遺伝子」だ。

ガーランテ博士の研究室から育った若手のひとり、ハーバード大学のデービッド・シンクレア博士が、こんどはSirやSIRT1遺伝子を活性化する薬剤を探しはじめた。うまくつかまれば、それは長寿へのサプリメントになる。そうして見つかったのがレスベラトロールだった。赤ワインに含まれるポリフェノール。何も赤ワインでなくてもいい。柑橘系の果物の皮にも多い。

このレスベラトロールというポリフェノールは長寿化だけでなく、アルツハイマー病の予防にもいい。その理由は、これが細胞の中で蛋白質の変性した凝集物、いわばゴミがたまるのを防ぐからだ。それはオートファジーという細胞の中でのゴミ処理の効率を上げるからだとわかってきた。

実は、酵母を使ってオートファジーの現象を研究して、それに関わる一連の遺伝子を世界で最初に明らかにしていったのが、昨年、ノーベル賞に輝いた大隅良典先生だった。

酵母はすごい。何も酒造りだけでなく、老化研究や寿命の研究、オートファジー研究にも欠かせない存在なのだ。

さて、春の大阪で、新横綱稀勢の里の劇的な優勝の余韻が残る2017年4月半ば、日本の将来の推計人口が発表された。そのグラフをみて、私は愕然とした。日本はいい国だ、有り難い、とてもそうのんびりと構えてはいられない、そんな危機感に襲われた。

その当時、人々は東京五輪2020を、また大阪万博2025を夢みていたかもしれない。

この推計は２０６０年の日本を見据えている。出生率１．５の少子化時代がこのまま続くと、人口は八千万人になり、うち四割が六十五歳以上。国が出したグラフの右側に、さらにその後の推測を付け加えてみると、２１００年には人口は六千万、その半分が六十五歳以上。さらに2150年、来世紀半ばには日本の人口は底をつきそうになる。ほとほと不安になった。その日本に人はいるのだろうか?誰がいるのだろう?移民を入れなければ国は成り立たないのか?人がいないことには国はない。家族も、世間も、社会も、国家も、すべては人が基本である。

長寿の研究も大事なのだが、やはり生産人口をふやす、子供をふやす、すべてはそれからだろう。江戸時代の日本の人口は二千六百万人。幕末には三千三百万人ほどだった。人口が減ってもそれなりの智慧があれば国はなりたつ。だが、若い人がいなければ先は苦しい。日本の未来の健やかを思い描けば、まずは若い人を育てよう。自分だけのすこやかではダメだ。周囲との共生、社会の長生きを考えよう。

酵母の恩恵にあやかりながらも、何か少し人の役に立つことを探す。未来へ資する。そう思って空を見上げればまた何かが拓けるだろう、白い雲の先に。日本はいい国だ。きっといい国だ、これからも。春がいい。秋もいい。あの白い雲は、白い大きな泡のような。春は白酒、夏はビール。そう、夏はやっぱりビールに限る。

ブルーゾーン

世界の長寿村はみな海沿いの「青い領域」にあるが、東洋の徐福や西洋のポンセ・デ・レオンが辿り着いた楽園の泉にはレスベラトロールがあったのかもしれない

目の前に青い海が広がる。海風が心地いい。白い砂、まばゆい光、さざ波の音。そっと目をつむる。息をしている。海も息をしている。ざわざわした日常を一切消して、ただただ波の音に浸る。

「半分、青い」、2018年の春、そう聞いて、ある世界を思い出した。ブルーゾーン。青い世界である。初めてこの言葉を聞いた時は、何のことかわからなかった。由来はある人の本のタイトルにあった。ニューヨークタイムスの記者だったダン・ビュイトナーの本である。直訳すれば「青い領域」なのだが、それでは何かわからない。だが、読んでみれば、要は、世界の長寿村、それはみな青い領域にあるというのだ。イタリアのサルディーニャ島、カリフォルニアのロマ・リンダ、コスタリカのニコヤ半島、ギリシャのイカリア島、それと日本の沖縄である。みな、青い海に面した、温暖で静かなところだ。「半分、青い」ではなく、「全部、青」の世界である。

このブルーゾーンには長寿者、百寿者がとても多い。それぞれの地域での食生活や生活パターンなどを分析して、長寿にまつわる九つの要素を引き出している。

実は、そういう話は昔からたくさんあった。いわゆる「長寿伝説」なのだが、よく知られているのは日本の徐福伝説。この場合は秘薬探しが元になっている。秦の始皇帝の願った不老不死の妙薬。それを求めて旅した徐福がたどりついた先が日本の海岸だというのだ。丹後にも熊野にも、また佐賀にも鹿児島県の出水《いずみ》にも、さまざまな徐福伝説が残っている。だが、その妙薬が何だったかは、とんと話になっていない。

一方で、西洋にも似た話がある。コロンブスのアメリカ大陸発見への遠征にも同行したポンセ・デ・レオンがプエルトリコから北上してフロリダ半島の南西部にたどり着く。そこでいわゆる「若返りの泉」を発見した。以前、赤ワインに含まれるレスベラトロールの長寿効果についての論文を掲載したネイチャー誌は、その紹介記事でこのポンセ・デ・レオンの絵を高らかに掲げた。その泉の妙薬はレスベラトロールだと匂わせた。

日本の徐福伝説の不老長寿の秘薬がいったい何だったのか、それは今もわからぬままだ。だが以前、ここのコラムにそれを御神酒とからめて書いたことがある（14「マッサンの夢」）。酒は百薬の長。日本はお酒で、西洋は赤ワイン。妙薬はそこに落ち着く。だが、不老長寿の源泉はアルコールかというとそうではない。アルコールの中に溶けている何か、それが滋養をもたらすのだ。

先日、高畑勲《たかはたいさお》監督が亡くなって（2018年4月5日）、その追悼の放映で『火垂るの墓』を久しぶりに見た。悲しい、重いアニメだが、よくもこれほどまでに美しい物語を残してくれたものと感じ入る。原作の野坂昭如《のさかあきゆき》氏（1930~2015）にも感謝すべきなのだろう。命は儚《はかな》いものだ。儚いものだけに、いやそれだからこそ、そこに慈しみの心が芽生える。そしてそれに気づけば、物理的には短い時間がときに永遠にもなろう。清太《せいた》が節子《せつこ》と過ごした時間、それはいつか昇華して無限に広がる。清太の泳ぐ海、はしゃぐ節子のただれた背中をその水で洗い流す。時代も場所も、長寿村とは無縁の海だが、それも明るい青い海だった。

ブルーゾーン、全部青の世界。楽園は日本や中国であれば桃源郷なのだろう。それが山里であれ海辺であれ、そこにはきっと明るい光がさし、おだやかな風がそよぐ。そこにあるべきは、ただ長寿や百寿ではなく、おだやかなやさしい時間であってほしい。それが永遠ではなくとも、そのひと時は宝物となる。限りあることに気づいてこそ、人はありがたみを知る。それを知れば、より幸せは近い。幸せの度合いは、時間ではないのだから。

夢花火

コロナ禍でのオリンピック、さまざまな困難を抱えての開催だったが、終わってみればみな「夢の跡」、閉会式の天使の衣装の淡さにこの時代が揺れている

色とりどりの国旗が楽しげに泳いでいる。それをエスコートする天使のような小人のような淡い衣装たちが風に揺れて、それがいつのまにか描いていたのは、ひとつのまあるい大きな円だった。遠くから聞こえてくるのは、聞き覚えのあるなつかしい曲だ。昔の「東京五輪」の曲。令和の色に、昭和の音が交差する。Tokyo 2020が、Tokyo 1964の影をまとって、その幕を閉じようとしていた。その夏の「夢花火」は終わった。

中国、武漢での騒動からもいまだに出口が見えない。世界中がコロナ禍の中で無益な戦いが続いている。競技者にとっては四年に一度のオリンピックという大舞台。だが、新型コロナウイルスの蔓延が治らない世界情勢の中で、五輪の開催は危ぶまれた。日本は「第五波」の最中(さなか)にあった。誰のためのオリンピックなのか?国民の半数以上が「中止か延期」を望む中でも、政府と東京都とJOCは「開催」を強行した。蓋を開けてみれば、国民は、開催への議論を忘れたように、メダルラッシュに歓喜した。それでもすべてがうまく回るわけではない。アスリート一人ひとりをみれば、それは悲喜こもごも。それは致し方ない。内村の落下、久保のあふれる涙、瀬戸の指先の百分の五秒、そして繋がらなかったバトン。大迫の最後の追い上げも夢と散ったが、不思議なことに、みな夢を見せてもらった、そんな余韻がいつまでも残るそれぞれの試合だった。

夢ははかないものだ。その儚さと淡さが令和の「東京五輪」の閉会式の衣装の揺れに現れている。それに比べると昭和の「東京五輪」には力強さがあった。「より速く、より高く、より強く」。開会式から閉会式まで、そこには強さと誇らしさがあふれていた。あの曲もそうだが、今より経済的には豊かでないのに、常に上向きの夢を見られる、先を信じられる。そして何よりも万人が一緒に喜べる、そんな時代だった。自国での開催を万人が誇りに思う。皆がひとつ。それはありがたい時代だった。

幸せはベクトルである。少しの角度と少しの伸びしろ、それがあれば幸いである。それが一気に上がれば、一気に伸びれば、先の楽しみはしぼむ。少しだけでもよくなった、その「少し」の気持ちを大切に思わなければ、幸せは遠のく。それを大切に思えれば、幸せは寄ってくる。そんなものだろう。すべてが経済で回り、ものの豊かさばかりを追う世の中では、何か大切なものがおざなりになる。

開催が危ぶまれた「東京五輪」だったけれど、終わってみれば、やはりやってよかったのかもしれない。日本選手の空前のメダルラッシュ、それはそれでみなが元気をもらえた。それは間違いない。だが、後処理の議論はまだまだ続くことだろう。予定された2020から一年間の「延期」と「無観客」での開催のツケが大きな赤字となって国民に負担を迫ってくる。借金大国の借金がまた膨らんで、将来にツケを回すようではいけない。国の健やかが消えてゆく。少子高齢化の先をどう正してゆくか、それも含めて智慧を必要としている。

これから先の時代の日本人が、この今の時代、令和の「東京五輪」を振り返れば、それはきっと「夢の跡」なのかもしれない。コロナ禍の中で、あの「五輪」は夢のような幻のような、そんな危うい現《うつつ》の中にある。出口の見えないコロナ禍の中で、人々はどこにも出られない「第五波」の最中、目に見えぬウイルスとの「戦い」の中で、一瞬の夢をみせてもらった。芭蕉の時代とは異なるけれど、令和のアスリートたちは「兵《つわもの》ども」だったのだろう。あの芭蕉の夏草の句は、その日から五百年も昔の源頼朝の軍と奥州藤原氏の合戦をふり返って詠んだ俳句だった。ならば、今から五百年も先の26世紀の人からみれば、アスリートのような「兵《つわもの》」に限らず、私たちみなが「夢の跡」になる。令和「五輪」の夢花火。八月の夢は終わった。

第4章

脳ありてこそ悩める

脳とは悩ましいものである。老化脳を考えながら神経科学を長く続けているが、そもそも「脳で脳を理解する」ことは難しい。脳神経系のことを英語では「ナーバスシステム」という。「悩ましい組織」なのである。「脳」は「のう」だが、訓読みでは「なずき」という。「のう」の漢字にもうひとつ「悩」がある。これはほとんど「なやみ」にしか使われない。苦悩、煩悩などだ。男が女に惑わされる悩殺もこちらの字を使う。肉月の「脳」のほうは頭脳、首脳など知的なリードをするトップ集団に使われる。一方、立心偏の「悩」、それの意味するところは「心」だ。では、脳から出ずる心は、どうして悩ましいのか？それは、なぜ悩むのかを考えてみればいい。脳の奥底に人間らしさが潜んでいる。そしてきっと、その芯にこそ、真に健やかな心がみえてくるのだろう。

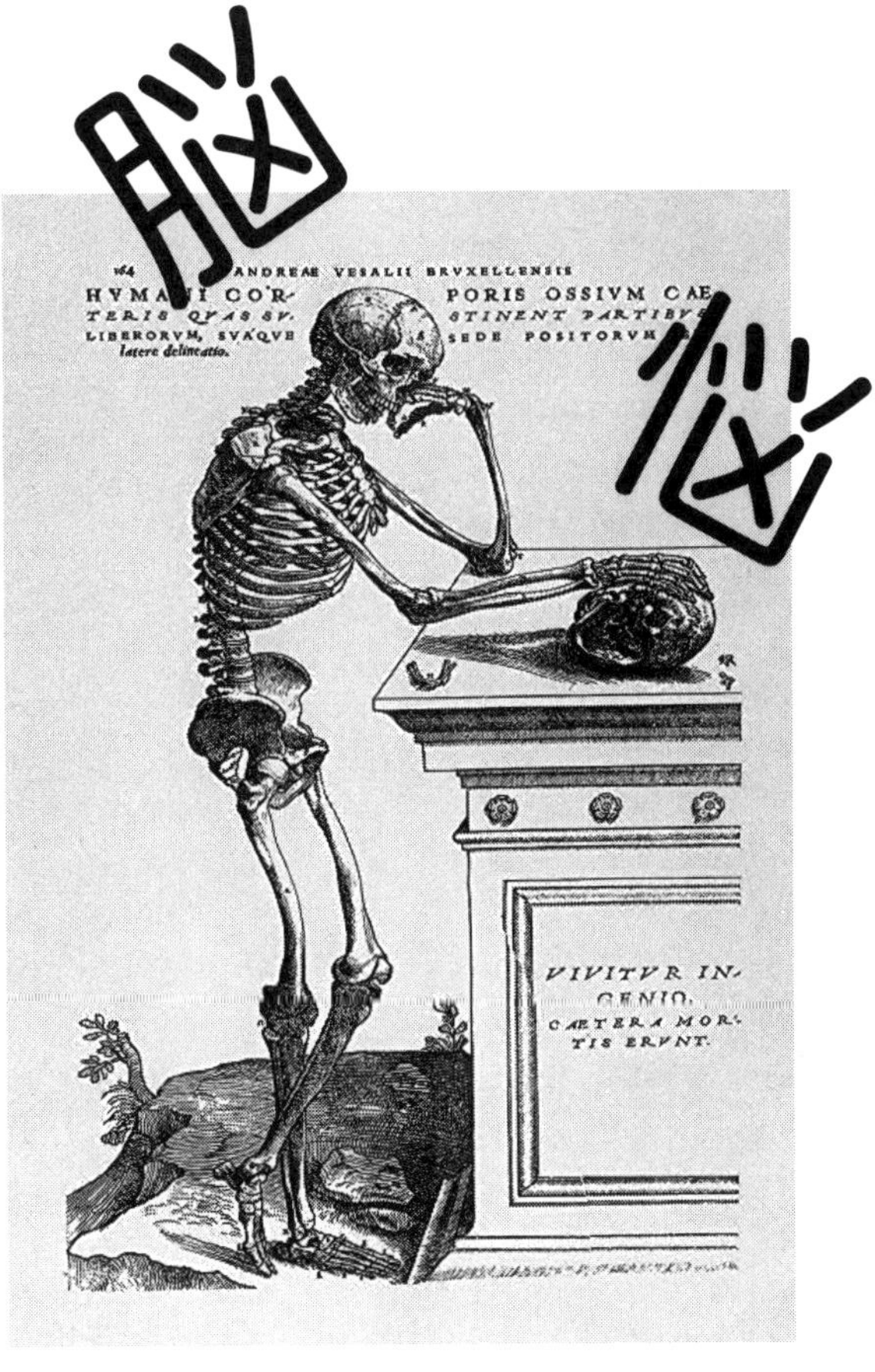

脳は悩むナーバスなシステム
The nervous system
アンドレアス・ヴェサリウスの
「ファブリカ」の図版（1543）をもとに改変

すこやか脳

すこやかさを感じるのは脳で、それが感動を生み出す、だから脳への入力を工夫することが一番で、それが自分自身への感動へつながることが大事だ

日々の生活が忙しいと、あまり健康のことはかまっておれない。どんなに忙しくても、多少きつくても、それでも何とか一応の健康状態で生きている。生き延びている。自分の身体をごまかしごまかし生きている。しかし、それがあまりにもきつくなってくると、時に立ち止まって考える。これで本当にいいのだろうか？

幸い、今の私にはこれといった病気はない。ふだん、あまり考えたことはなかったけれど、これはありがたいことなのだと思う。身体が健康であること、気持ちが落ち着いていること。心が安らかであること。

高齢になれば多かれ少なかれ誰しもが病気を煩う。病院に行きだせば、いろいろな診療科を巡ることになりがちだ。幸い時間もある、保険もきく。じゃあ診てもらおうか、ということになる。たくさんの薬をもらって、何となく安心して家に帰ってくる。ひょっとして、そんなこと、していないだろうか？

　ちょっと立ち止まって考えてみよう、病院に行く前に。年をとってくれば身体にガタがくるのはあたりまえ。多少のきしみは我慢しよう。少し、身体を動かして、普段しない運動をしてみたり、街に出たついでに遠回りしてみたり、普段とちがうことをちょっとしてみる。そんな気持ちが芽生えたら、しめたものだ。身体に少しでも普段と違う刺激を入れる。普段と少しでも違う景色をみて、何かを感じて帰ってくる。そんな「ささやかな経験」があなたを変える。

　人生、何事も経験だ。「一夏の経験」「初体験」などというと、ちょっとビミョーだが、人間、年をとってからでも何かしら「新たな経験」はきっといい刺激になるだろう。

　ちょっとした運動も、散歩も、見聞も、身体と脳へのいい刺激になる。この「ささやかな刺激」が大事。ちょっとずつ、いつもと違う何かに触れる。その違いを感じる。この循環がうまくまわれば、きっといいスタンスに収まりまるだろう。身体も脳も。

　すこやかでありたい、そう思うとき、多くの人は健康な身体を思うかもしれない。だが、健康をうけとめる脳の意識改革がもっと大事だ。

　脳は、いったい何をしているかというと、大まかには三つのこと、すなわち、自分の身体の状況を把握する、自分の外の世界をみる、そして自分の行動を決定する、つまり、自分の内的、外的世界を把握し、それに基づいて自分の次の行動を決める、そういうことをしている組織器官だ。

世界をみるのはいわゆる五感を通して、すべて感覚として脳へ上げ、その演算結果を身体のどこかの筋肉を制御することで行動という形にする。そういう臓器なのだ。つまり、「感」を入れて「動」に転じる。まさに、脳が「感と動」を生み出している。しかも、それが、即物的、刹那的ではなく、自身の現状や自己の記憶との複合的な演算の結果として自分の次の行動が生み出されてくる。人生の上にその人らしい行動が自然と出てくる。まさに、「感から動」への自然応答が脳の日常なのである。

しかし、「感動」というものは、自己の眼前にある世界がいかに自己の内面と共鳴するかどうか、いわば「共感」が芽生えるかどうかにかかっているように思える。ではどうしたら「共鳴」するのか?どういうときに「共鳴」するのか?それを知ることが大事だろう。

ふだんと違うことをちょっとしてみる。入力を少し変えてみる。そうすることで、脳の回路を変える原動力になる。いい環境刺激は脳の活力剤だ。脳はすべての筋肉へ指令を出す組織なのだから、身体へもいい影響がきっとでてくる。だから、いい刺激を入れてみよう。「感」を入れて「動」と出す。脳をうまく刺激すれば、新たな「感動」へのチャンスも広がる。

以前、私たちの研究室で、脳神経系で発現している寿命関連遺伝子を改変したマウスを作ってみたことがある。そのマウスの寿命はあまり変わったとは思えなかったが、脳の力、まさに「脳力」は明らかに変わっていた。ものの位置をよく覚える、つまり記憶力がいい。新しいことに興味をもつ、つまり好奇心旺盛。そして、明るいところも、高い場所もあまりこわがらない。ネズミは本来夜行性で、暗い、狭い場所を好むものなのだが、それに反して、ずいぶん積極的な、泰然自若とした賢いマウスが生まれた。科学的には、これだからといって、今話している「さとやかな刺激で脳を変革」の図式に直結するものではないのだけれど、脳の老化の制御や元気なすこやか脳を探る研究につながった。

話を戻そう。脳は「感・動」を回して「感動」を生み出す。そう、何への感動でもいいのだけれど、大切なのは自分自身への感動、自己の人生への感動、あるいは「共感」だろう。外への感動ではなく、内への感動。自分の人生を肯定できるか、納得できるか？長い人生の中で、自己への共感ができるか？すべてではなくとも少しでもそうだと思えるかどうか？そう、わかるだろうか？何となく聞いたことがあるような、そんな気がしたあなたは大丈夫。そう、「世界でたったひとつの一番の花」、それへ通ずる道は、やはり脳が生み出している。すこやか脳、それはちょっとした刺激から生まれるものなのだ。

そう信じていましばらくは「いつもとちょっと違う自分」を試してみるとしよう。

安心の巣

元気に頑張るには脳内の報酬系が回ることが大事だが、穏やかに生きるには心の安らぎも大事だ、それが脳にどう宿るか、そこがまだみえない

夢のオリンピック、２０２０年の七月にはそれが東京で開幕するはずだった。それが一年延期となって、しかも続くコロナ禍の影響で、ほぼすべての試合が「無観客」で開催されることになってしまった。アスリートたちの無念もいかばかりだが、世間の人々すべての日常が崩れてしまった。

それまでの数ヶ月、いやもう二年以上、日本に限らず世界中が新型コロナのウイルスへの不安と対応に喘いでいる。政府も、企業も、店主も事業者も、主婦も子供達も。事の大小はあれ、誰もが影響を受けている。学校に通う子供たちも、楽しみにしている年中行事の多くがとりやめになったり制限されたり、なかなか苦しい時代が続いている。なんとか工夫して、頑張って、そして祈って、この難局を生き延びていただきたい。若者も高齢者も、とにかく自分を守り、家族を守るために。このコロナ禍、相手はちっぽけなウイルスである。だが、歴史上記録に残る人類への脅威になった。中世以前であれば、人々の四人に一人、三人に一人が亡くなっていった、そんな災いなのである。

「三密を避ける」「マスク、手洗い、アルコール消毒」「不要不急の外出自粛」「人出は八割減」「ソーシャルディスタンス」「感染リスク」「経路不明」「クラスター」「第一波、第二波」「テレワーク」「臨時休校」「オンライン授業」「営業自粛」「休業補償」「休暇支援」「緊急事態宣言」「経済対策」「持続化給付金」「特別定額給付金」「偏見と差別」「医療用マスク、フェイスシールド、防護服」「PCR検査」「抗体検査」「院内感染」「医療崩壊」「医療従事者に感謝」、そして「新しい生活様式」と見えない「収束」と「出口」。

日頃、考えもしなかったことで日々のニュースが埋め尽くされる。あるべき日常が消えた。いつもであれば、何か楽しいこと、何か新しいこと、何か違うこと、そんなものを追い求めながら、日々を勤しんできた人々が、おそらくは以前の日常のありがたさを、とるにたらない日常の良さを改めて感じている。人に本来あるべきは、些細な生活、つましい生活でいいのだということ、それに気付かされもしただろう。そのことはこのウイルス禍の中での幸いなのかもしれない。日常の些事なくしては、人は幸せになれない。

働いて食べて、寝る。あるいは、食べて動いて、休む。生活を究極化すれば、それだけのことだ。古代でも中世でも現代でも、社会は変わっても人の営みはそれに尽きる。一人ではなく、多少なりとも家族がいて、友がいて、世間があって、そして社会の中で揉まれはしても、その刺激の中で人は己を高めもし強くもする。しかし、生き抜くには日常の中での安心感がなくてはならない。

脳の働きに関してみると、人間関係や人間社会の中で個人が生きるには脳内の「報酬系」がうまく回る必要がある。単純なのは、食べる喜び、獲物を得る、あるいは報酬を得る喜び、人に出会う喜び、そして人を愛する喜びなど。いずれの場合でも脳内ドーパミンがかっかと活動する。すこし地味だが、学ぶ喜び、知る喜びもある。見る喜び、聞く喜びでもいい。とにかく、報酬系が回って脳は喜びを感じる。日常にないものであれば、それは驚きともなり、時に大きな喜びに通ずる。しかし、一方で長く生き続けるには「安定」もまた必要で、そのためだろう、「安心」の経路もあるはずなのだが、まだ今の脳科学の教科書にはそこのところがはっきりとは記述されていない。報酬系はひとつのチャプターになっているが安心系はまだ科学としては未熟なのだ。だが、究極においては報酬よりも安心こそが大事なのではないか？安い心ではない。心の安らぎである。それはドーパミンではなく、セロトニンが醸し出す。セロトニンは脳内での抑制性の神経伝達物質だ。ドーパミンはほとんどの場合、興奮性である。強く生きる、それにはそれが必要だ。

新型コロナの影響で、世の暮らしぶりが大きく変わった。仕事もしづらくなったし、楽しみも減った。いろいろ気遣いながらも、生きていることはありがたいとも謙虚に思うようにもなった。最近は家族で歩く姿を多く見かけるようにもなった。若い父親が娘や息子たちと手狭なところで工夫して遊んでいる。学校がなくてもあどけなく過ごす子供たちのささいな笑顔に親たちは救われる。そんな時にはきっと脳内のセロトニンが効いている。安心の巣は脳内にある。それはおそらく報酬系に隣り合わせているだろう。

いったいいつになったらこの新型コロナは完全収束してくれるのだろうか？それは今、誰にも予測できない。祈らずにはいられないのだが、祈るだけでは何も解決にならない。乗り切るには知恵がいる。頑張りもいる。だが、脳の芯に安心の巣があってこそ人は頑張ることができる。人はそうして幾多の多難を歴史上乗り越えてきたのだから。

百寿者脳のひみつ

百歳を超えてもなお元気なスーパー老人、そんな方の脳の中を覗くことで、すこやかな長寿の秘密が少し見えてきた

2013年（平成二五年）の年明け頃だった、福岡市にご在住の昇地三郎《しょうちさぶろう》先生（1906〜2013）をご自宅に訪ねたのは。大阪で老化の学会を主催する。それならば、大阪市民の高齢の方々への応援歌となるような市民講演会を開催しよう。その目玉として昇地先生にご登壇願えないか、その交渉だった。交渉相手は106歳である。

元は、福岡の大学で教育学の教授だった方だ。生まれたお子様が二人とも障害児で、まだその保護システムがない時代に障害児の学校をつくった。「しいのみ学園」。そのドラマは映画にもなった。美智子妃も涙された。

ある意味では苦渋の人生なのに、この先生は強かった。子どもの病状を理解するために医学部でも研究され、「文学博士と医学博士をもつのは森鴎外と私だけだ」と豪語した。定年後も勉学を続け、六カ国語を話された。努力家である。強さだけではない。話しているとウィットに富む。人をなごませる。不思議な力があった。

その年の老年学会の最終日に、市民公開講演会を開催した。タイトルは「百寿者から学ぶライフスタシス」。大阪の中之島に会場はあった。どうしたら百歳まで健康に生きられるのか？日本の老化研究の先端を走る、そんな研究者がまじめな話もし、そして昇地先生の登場。会場は立ち見も出る盛況となった。多くの人が「元気」をもらって帰っていった。

残念なことに、昇地先生は107歳の誕生日（8月16日）を祝われたその夏から体調を崩され、秋の日（11月27日）に亡くなられた。6月の講演会は、大阪人が106歳から元気のお裾分けをいただいた最後の機会となったのだった。

その講演会でも少し紹介したが、私たちは昇地先生の脳画像の調査をしていた。そのデータはしっかりと保存されている。元気な百寿者の脳、その形態から何かを学ぶことができるだろうか？今国内の大学連携でより詳しい解析を進めている。iPSやSTAP細胞ほどのニュースにはならないかもしれないけれど、健康長寿のしくみを知る、そのひとつの手がかりにはなる。昇地先生の脳はどうだったのか？

百歳を越えてからも国際教育心理学会など世界一周の講演行脚に毎年のように出かけられた。頭脳明晰、創造力豊かである。私たちは、脳の記憶学習に重要な「海馬《かいば》」という領域がきっとしっかりしているに違いない。そう思った。しかし、画像から読みとれたことは、脳の萎縮はかなりある。しかし、驚いたことに「錐体路」といわれる脳のいわば「根幹」が極度にしっかりしていた。脳が身体を動かす肝である。ブレインはボディーを支える。それがしっかりしていたのである。

春、桜の季節である。桜の銘木はいずれも樹幹がしっかりしている。神社の楠木の巨木もそうだろう。そう、身体を鍛えよう。すこやかな心、安らぎの心地は健康な脳に宿る。健康な脳は健康な身体に宿る。心は健康な身体あってこそなのだ。

老化脳に休息を：ストレスとレスト

老化脳の中のニューロンをさまざまなストレスから保護して長生きさせる、そんな遺伝子があることが、小保方晴子のＳＴＡＰ騒動の側でみえてきた

長いこと研究をやってきて、これまでに「あっ、やられた！」と思ったことは何度かあった。しかし、幸いなことに「してやったり！」と意気揚々の日々も少しはあった。もうずいぶん昔のことである。米国に留学していたころ、脳の中の神経細胞、つまりニューロンがどうしてニューロンになるのか、そんなことを研究していた。ニューロンがニューロンになる。なんだ、あたりまえじゃないか。皆さんはそう思うかもしれない。しかし、このあたりまえのことがどうしてあたりまえなのか、それを不思議に思うのが科学者の常である。カエルの子はカエル、人の子はヒト。どうしてそうなるのだろう？

生きものには遺伝子というものが常につきまとう。生命の設計図ともいわれる。

人間はおよそ３万個の遺伝子でなりたっている。人間の組織の細胞の核の中にあるゲノム。その中にだいたい３万種類の遺伝子のセットがある。しかし、それが常にすべて働いているわけではない。あるものは働き、あるものは休む。一部は発現し、一部は発現されてこない。休眠状態のものもある。そのどれをオンにして、どれをオフにするか？それはいわゆる転写因子という遺伝子発現の制御にかかわる重要な蛋白質が働く。発生過程で、あるいは子供が大人に成長していく過程で、未熟なニューロンが成熟していかにもニューロンらしくなるとき、どの遺伝子をオンにし、他をオフにするか？そんなことを研究していた。その要素に迫るきざしが見えたとき、眠れぬ日々が続いた。そして、それを決定的に決めている要素を見つけた。それをＮＲＳＦ（エヌアールエスエフ）と名付けた。米国留学中のことだった。

あれからずいぶん時がたった。つまりは、自分もだいぶ老化した。その間、当のＮＲＳＦは老化など一切おかまいなく、私たちの業界の専門誌上では時折、大きな話題を集めた。再生医療の元になるステムセルの維持に必須だ。あるいは、ハンチントン舞踏病という病気の患者さんの脳内ではその原因遺伝子の蛋白質とくっついて、病気の進行を防いでいる。それがだんだん結合できなくなって脳機能が麻痺する。それでダンスするような症状になる。

日本へ戻ってからは脳の老化の研究に没頭した。しかし、昔、自分が若いころ見つけたこのＮＲＳＦについてはほとんど手つかずのままだった。他のことに忙しいというか、これが脳の老化に関わるとは自分では全く考えも及ばなかったのである。

ところが、ところがである。2014年の春にハーバード大学のグループがショッキングな論文を発表した。ちょうど日本で小保方晴子のSTAP騒動がもちあがっていた頃である。そのSTAPの論文と同じように、これもネイチャーのアーティクルという大きな質の高い論文として発表された。その論文の紹介記事にはこう書かれていた。

「老化脳には休息が必要でーす。」

休息というのはレスト、私たちがNRSFとしてかつて研究したものを、このグループはREST（レスト）と呼んで、ヒトの脳での老化研究を精細に進めていた。若い人より老人の脳ではこの発現が高い。だのに、アルツハイマー病（AD）の脳ではそれが低くなっている。それではAD脳では若返りではないか？いや、そうではなく、レストは老化脳で本来、ストレスに対する神経保護に重要な働きをしている。レストがあると酸化ストレスや他のストレスでも神経細胞が死なない。保護される。だが、AD脳ではそれが足りない。

単純に考えればレストを活性化する薬があれば脳の老化を防ぐかもしれない。強引に脳の中にレストを入れこめば、それで少しストレスレスになるかもしれない。ちょっと乱暴だけれど、想像はいろいろ膨らむ。世間が小保方騒動に大いに揺れる中、慌ててフリーザーのストックの中からこの遺伝子を取り出した。そしてこちらも「再現実験」に励んでいる。

「脳」ありてこそ「悩」める

私たちが悩むのは人類が高度な脳をもつようになったからこそであって、悩むことでまた成長もする、そんな社会的な動物なのだ

大学で教鞭をとりながらも、たまに高校生や中学生に話をする機会がある。そこでふと悩んだ。悩むということに悩んでしまったのだ。

理科室に集まった生徒は40名ほどだった。壇上に上がって、「皆さん，今、悩みがありますかあ？」と問いかけてみた。「悩みのある人、手を上げて～」というと、おそるおそる、しばらく待つともう全員が手を上げていた。思春期の子供たちだ。夢と希望に溢れて、明るい笑顔の一方で、友達のこと、勉強のこと、親とのぶつかり合い、将来への不安、いろいろだろう。あえて中身は聞きかなかったけれど、子供たちは一様に、皆、悩んでいる。小さな笑顔の裏に、不安や苦しみを固く閉じ込めて、一見普通に振る舞う。もうこの年で、社会性の素地を身につけている。大人になりかけの青少年、青少女たちだった。

ティーンエイジャーという言葉がある。13歳から19歳。ちょうどその年代の子供たちだ。いや、子供ではない、大人でもない。成長の「過渡期」にある人間たちだ。幼児や小学生のように、親を完全に信頼しきった「無垢」な人間ではない。多少とはいわず、もうたくさんの「有垢」な人間。日々、年々の生を重ねるだけ、多くを知ってきた人たちなのだ。

明るく未来へ羽ばたいて欲しい年代なのに、この思春期の青少年たちは、どうしてこうも多くの悩みを抱えるのだろう？いや、「悩む」ということは，別に思春期に限ったことではない。大人でも，老人でも、あるいは死期が近ければ近いほど，悩むことになるのかもしれない。しかし、思春期の悩みには、成長しきった大人とは全く別の要素がある。それは、「成長期」特有の悩み方だ。

中学生くらいになると、「自我」が芽生えてくる。自分が他者とは違う存在であることをまざまざと自覚する。家族の中にいても，友人の中にいても、時に、孤独感を初めて知る瞬間があるだろう。それを知ることは、本人だけでなく、我が子にそのような思いがあると知ることは、親にとっても厳しい現実となる。しかし、そのようなことも、生物学的にはあたりまえのあるべきことでもある。子供は父親と母親から半分ずつの遺伝子DNAをもらってできたもので、非常に似てはいるけれど、違う存在だ。個性、それは親子であっても独立したものなのである。見かけだけでなく、考え方にも個性がある。脳そのものの構成が人間の個性を生み出す。自分の中の「我」に気づく。それが自我なのだろうが、それこそが、あるいはそのすこし先に「吾」があるのだろう。それを「悟」る。これが吾の心を知ることなのだ。成長期の悩みは、自我の確立への悩みであって、本当の意味で自分自身の存在、吾を知る試みなのだ。

人は何故悩むのか？ それは、端的に言えば、未来がわかるからだ。想像ができるからだ。自分の先に何があるのか？ 自分の大切な人に何がおこるのか？ 自分とその人はどうなるのか？ 今、生きている時空の先に、何がしかの不安が芽生える。それが「悩み」の種となる。そして、それを理解するために考える。考える力があるからこそ、悩める。「悩む」こと、それは、知的に進化した賢い人間の脳が醸し出す高等な機能なのだ。

よく、「一寸の虫にも五分の魂」という。「知魚楽」という言葉もある。「魚の楽しみを知る」。虫も考え、信念をもち、魚にも喜怒哀楽がある（？）。しかし、昆虫や下等な脊椎動物の多くは、常に「刹那」に生きている。ただ、今を生きる。しかし、人間は時間軸、空間軸の中で生きているることを自覚できる。寿命も長く、それだけに人生の面でも、社会的にもいろいろなことを憶う、想う、思う。時空間の中で、いろいろと思いを馳せる。そういう中で「悩む」ことにもなるのだ。高等であるが故の、悲しい性《さが》。しかし、それを乗り越えれば、大きな喜びとなるだろうし、また新しい世界観が開けてもくる。しかし、一方で、時に、挫折。悩みの前に、悲痛の前に、立ち止まってしまうこともありえる。寿命が長く、また社会性の動物であるがゆえに、またそれに付随して、知能も優れてしまったがために、悲しいかな、悩むことになってしまうのだ。

「悩」という文字は「脳」と非常によく似ているが、左側の「へん」が異なる。脳は肉月《にくづき》、悩みは立心偏《りっしんべん》。脳は臓器であり、悩みはそこから生まれる「心」なのだ。苦悩と煩悩にはこの「心」の立心偏の「悩」を使う。男が女に惑わされる悩殺も、これだ。要は心の問題なのである。「心」があるから「悩」める。心が冷めていれば，悩むことはまずないのだ。豊かな心をもつ、優しい心をもつ、そういう存在であればあるほど、悩みは増えることになる。

だから、「悩む」ことをやめようとは思わない。「悩む」ことを避けようともしない。しかし、上手に少しでも解決するように考える、その力が大切だ。しっかりと考える力があれば、強くなれる。しかし、簡単なようで、簡単ではない。でも、やはり考えること、思いを巡らすことは大切なのだ。考える力、解決する力をうみだすのも、悩みがあってこそなのだ。

自分を知り，人を知る。吾を悟る。まさに、心の働きなのだが、それは心臓の働きではなく、脳の働きだ。そう、「脳」あってこそ「悩」めるのだ。悩んだ先に、新たな地平が展ける。何かが、見える。是非、そうありたいものだ。

虹色の脳

脳の中にはまだわからないことも多い、だが最近、意識の源が少し見え始めている

古く、万葉の歌に次のようなものがある。

世間《よのなか》を憂《う》しとやさしと思へども飛び立ちかねつ鳥にしあらねば

たしかに、渡り鳥であれば、また新天地をめざして飛び去っていくことができるかもしれない。だが、そうだとしても、新たな土地で自分に適した暮らしがすぐにできるとは、これも簡単には保証されない。逃げずに、その地を大切に、工夫して生きていくこと、それは確かに大事なことだ。

先の歌は山上憶良《やまのうえのおくら》の作とされる。奈良の朝廷から、65歳を過ぎて、遠く九州の筑前守に赴任してからの歌である。地方の民の苦しい生活を綴った「貧窮問答歌」の後ろの方にある。山上憶良のこの「貧窮問答歌」を読み進めてみると、作者は貧しい民の身になってものを見ることのできる人だったように思える。自分が見た地方の実情を歌に託す。単なる報告書ではなく、人の感性をまぶして和らげた形で朝廷人の心を打つ、そんな配慮もあったのかもしれない。同時期に太宰府に赴任した大伴旅人《おおとものたびと》に比べれば、その後の病もあって出世頭ではなかったけれど、人の情には厚い人だったのだろう。

この憶良や旅人の暮らした筑前国、いまの福岡市周辺なのだが、そこには海岸線はもとより、太宰府周辺の内陸部でも方々に砦の跡がある。「元寇防塁《げんこうぼうるい》」とよばれる石組みの壁で、砦というより、防壁なのだろう。蒙古軍の襲来、元寇への備えだった。

今、私たちは目に見えない小さなウイルスへの備えとしてワクチン接種を受けた。防塁は目に見える敵への備えだった。ワクチンは体内での戦士、敵軍の特質を知り尽くした戦士を増やしてくれる。つまり、この上ない即戦力だ。だからワクチン接種は心強い。

防塁とか備えといえば、私たちの脳の中に小さな障壁の形をしていながら、何をしているのかわからない構造体がある。脳の中の大きな神経の塊、大脳基底核という構造体の外側に、ごく薄く、うっすらとした障壁。それは「前障《ぜんしょう》」と呼ばれている。以前からここが障害されると視覚や聴覚の障害や幻覚がおきたり、てんかん発作や意識障害が出ることがわかっていたが、正確な機能性は不明だった。しばらく前に遺伝子の構造で有名なフランシス・クリックが晩年、意識の研究に没頭して、最後、亡くなる直前に書き綴った論文で、この前障こそが「意識の根源」であろうと推理していた。

そのような中で、まさにこのコロナ禍の中、日本の理化学研究所の吉原良浩博士らの研究チームが重要な発見をした。ここを刺激するとネズミがころっと寝てしまう。いわば意識がなくなるのだ。前障が「徐派睡眠」（夢をみることのない深い睡眠状態）を誘導する。これはネズミでの実験だが、脳が虹色になる特殊なマウスを使った。脳が虹色？と驚かれるに違いない。普通は、そんなことはない。生きた動物の脳を色付けして可視化するこの手法は、ハーバード大学のジェフ・リヒトマンとジョシュア・センスらによって開発された画期的な技術で、「ブレインボー」と呼ばれている。「ブレイン」を「レインボー」にする、まさに「虹色の脳」である。なんとも美しい。何も脳の色付けだけで意識の一面がわかったわけではないのだが、遺伝子工学とか電気生理学とか光ピンセットとか、それこそ「色々」な技術を駆使している。

コロナ禍の中でも科学者たちに休みはない。医療人に限らず、誰もが頑張っていかないといけない。今の世を「憂《う》しとやさしと」思わずに、先をみすえて頑張っていこう。その先には、きっといつか、虹がみえてくるにちがいない。

第5章

老いと寿のはざまで

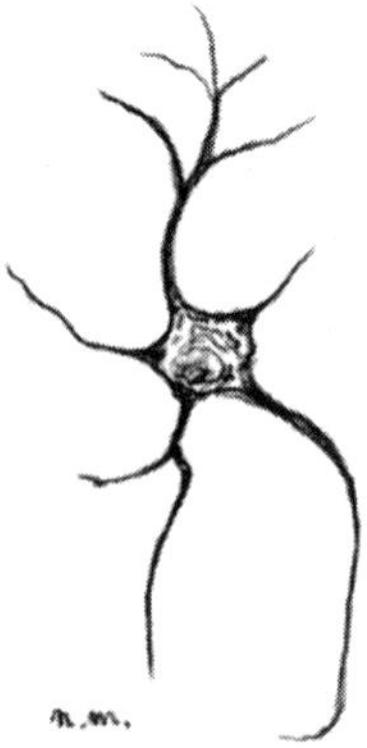

七福神の中のひとり、寿老人はまさに長寿の神様だ。老いを寿に変える、それを叶えてくれる神様なのに、なぜか「人」と書く。それだけに親しみがわく。よく描かれるお姿は、大きな頭をしてすらりとし、大きな杖を携えて、なぜか鹿と一緒におられる。ここにいる寿老人は少しずんぐりとして杖はない。でも、傍らの木札にはたしかに「寿老人」とあった。都心のホテルで老化研究の会議があった。私の発表はその日の朝一番。緊張をほぐそうと、朝食の前にホテルの中庭を歩いた。その時、ふと草薮の中にこれを見つけた。「落ち着いて話されば道拓くる」、そう励まされたような気がした。その日、神経細胞の突起を伸ばす、その方向を変える、そんな遺伝子が老化脳の中で何をしているか、そんな話をした。老いを寿に変える。象形文字の形が、私には顕微鏡下のニューロンそのものに見えていた。

寿老人

老 寿 寿 寿 寿

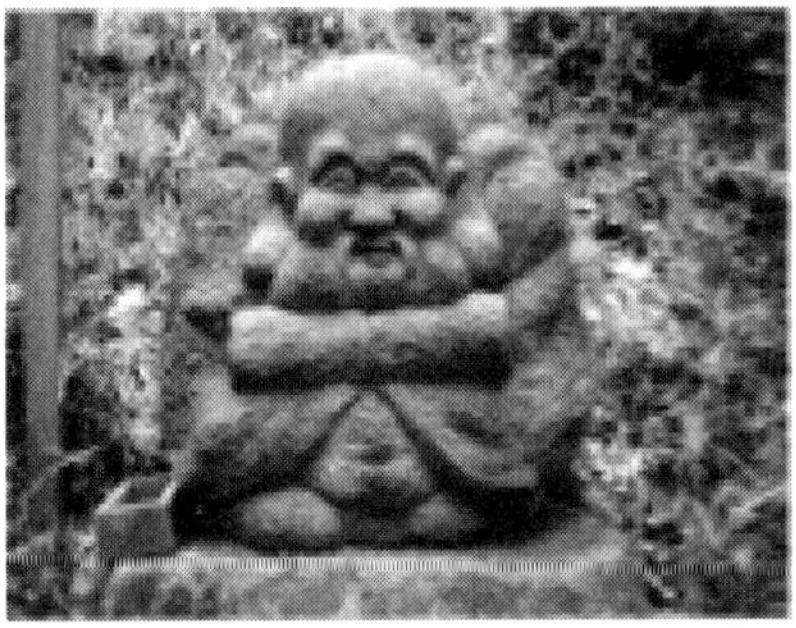

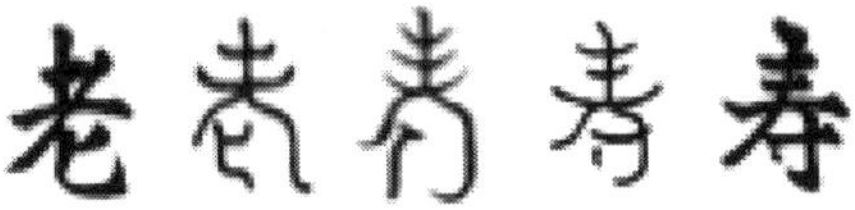

遺伝子祈願

神社での健康祈願、その真髄はまさに自らの遺伝子ＤＮＡのすこやかを祈ることに他ならない

日々同じようなことを繰り返しながら、私たちは時々節目を迎える。日々の安定した生活と季節ごとの節目、あるいはまた人生の節目。ともに大切であり、それがあることをまた有り難いことと思う。

コロナ禍で、いわゆる「分散参拝」が浸透してきたのは確かだが、新しい年を迎える日、その前後の日々に、誰もがすがすがしい思いでその年の健康と安全と、そして何がしかの成就を願う。その日だけは、必ず誰もが先を見ている。夢を見据えている。自分のこと、家族のこと、そしてより寛大な精神をもてば世界の恒久平和と人類の繁栄を願い、神前で手を合わせる。

「今年も健康でありますように。家族が皆、安全で幸せでありますように。娘にいい縁談が来ますように。祖母の病気が早く治りますように。そして、皆が平和に暮らせますように。」

子供の頃、神様を信じていた。「神様が見ているわよ。」時々そう言われたことで、うそを言う、あるいは悪いことをしそうになる自分の心に自然にブレーキがかかっていた。今もたぶん少し信じている。ただ、職業柄、このごろは何でも世の中のことを科学的に考えるくせがついてしまっていて、実体がみえないもの、論理的に導かれないことは、なかなか素直には信じがたくなってしまっている。これも職業病なのだろう。しかし、仕事は仕事、生活は生活である。

祈る心、それは大切にしたい。そういう気持ちをもてること自体、尊いことなのだから。自分を思い、人を想う。自分や家族や隣人の健康を願い、家内安全、商売繁盛、交通安全、そして、縁談、出産、受験、転居、待人、恋愛、金運。。。こうなるとやや「世俗的」にもなってくるが、人間の日々の営みのすべてが世俗なのだから、別に卑下することではない。去年よりは今年、今年よりは来年、少しだけでもよくなって欲しいと願う。誰の心も同じなのだ。

人間の営みの根源にあるのは生命である。親から与えられた「いのち」。その命を大切に生きる。まさに、それが「生命」のなすことそのものだ。

その生命の根源たるものは何かというと、それはまぎれもなく「遺伝子・DNA」というものだ。分子的実体としてみれば「DNA」と呼ばれるもので、機能的には親から子へとつながる遺伝性の素子、つまり「遺伝子」となる。私たちの身体を構成するすべての細胞の核の中にあるのだが、それぞれの細胞はみな同じ遺伝子、DNAのセットをもっている。心臓でも筋肉でも、まして脳でも、皆同じひとつの遺伝子セットから出来上がっている。自分は自分、その意識の根源も含めてそれはその遺伝子・ＤＮＡに書き込まれているのだ。遺伝子・ＤＮＡは生命の設計図なのである。

そのＤＮＡという長い糸が、親から子へ、子から孫へと連綿とつながっていく。生命の糸、それはまさに、家系の糸であり、人類の糸でもある。私たちは皆、同朋、仲間であり、そのルーツは遠く数百万年前のアフリカの大地に遡る。地球上の生命体のルーツまで考えれば、それは四十億年もの旅になる。

このように、地球上の生きとし生けるものすべてに生命をもたらした、この「遺伝子・ＤＮＡ」というものの実体がわかったのはごく最近のことだ。ごく最近、とはいっても、それは生命の歴史に比べればの話であって、実際にはもう六十年がたった。「還暦ＤＮＡ」である。（少し前だが、２０１３年の話である。）

このＤＮＡの構造、つまりはその「お姿」なのだが、それを二重らせんと解き明かした科学者はジム・ワトソンとフランシス・クリック。当然、ノーベル賞となった研究である。ＤＮＡ「二重らせん」。この二重のらせんは、生物学にとってとても深淵な意味をもつ。私たちがどうして延々と日々の生活を送ることができるのか、どうして子は親に似るのか、人はなぜ有性生殖をするのか、そういう根本的なことが、その相補的な二重らせんのかたちから簡単に想像することができたし、その後の研究でその想像が真実であることが証明されもした。命の根源、それはまさにこの遺伝子・ＤＮＡの二重らせんの中にある。私たちの日々の営み、それが健全と行われるにはこのＤＮＡが健全でなければならないのである。

遺伝子発現がすべての細胞の活動を保障し、それが狂うと細胞の不調、組織の不調、ひいては病気につながる。遺伝子変異のホットスポットは癌にも直結する。遺伝子末端のテロメアの短縮は寿命を縮める要素になる。遺伝子の修復は老化の進み具合にも関わる。つまり、私たちが健康長寿を願うとき、その根源的なところは「遺伝子活動の安定性を願う」ことにつきるのである。

しからば、参道を上り鳥居をくぐり神前に立つ時にちょっと考えてみては如何だろう。そしてこう唱えてみよう。

「我がＤＮＡ、すこやかならまし。」
「我が家の遺伝子発現、強く永らえたまう。」
「人類ゲノムの伝播大かれ。」

一礼二拍。

健康長寿、家内安全、世界平和もすべてこれで解決する。

今年こそは良い年になりますよう。

モーニング・グローリー

ウイルスも細菌も、また私たち人間自身もみな遺伝子ＤＮＡでなりたっている、その姿は「二重らせん」、朝顔の蔓にも似ている

新しい年が明ける。すると、昔は皆がひとつ年をとった。だれもが一斉にひとつ大きくなったのである。今は、皆がばらばらに年をとる。誕生日があり、個性がある。それはそれでいいことなのだろう。しかし、「皆が一緒」、これもまたいいことだったと、最近、よく思うようになった。これも年をとったせい、なのだろうか？

前項では、「遺伝子祈願」について書いた。おそらく誰も、自らの遺伝子について祈る人はあるまい。しかし、すこやかな身体、すこやかな家庭、すこやかな社会、皆、根源的には遺伝子が正しくあれば安らかとなる。デング熱もエボラの出血熱も、そして昨今の新型コロナも、いずれもウイルスの仕業なのだが、このウイルスという代物はよろしくない。ホストの、つまりは私たちの、身体を蝕む。その蝕みの初めに、私たちの細胞の遺伝子を「かく乱」させてしまうのである。それはいわば永遠の刻印となって残る。だからいけない。

しかし、そういういけない代物も科学者にとってはなくてはならないものでもあった。今日のライフサイエンス、医療科学全般の発展の大元には、バクテリオファージの研究があった。バクテリオファージ、それはバクテリアに巣食うウイルスである。私たちはそれを利用した。だから、先方にとってみれば、人間は天敵である。自分たちの仲間が、人間の手によって勝手に増やされ、つぎはぎされ、あるいは分離させられてしまう。人間として考えてみると想像を絶する世界である。何とも、物騒な話になってしまった。

「遺伝子」を祈る。「遺伝子」を奉る。そういう気持ちは、常にあった。だから、遺伝子を予言した人、遺伝子を釣った人、そしてその遺伝子のお姿を見極めた人、それらは私たちからすれば科学の雲上人であって、神様のような存在だった。

遺伝子を予言した人、それはグレゴール・メンデルだった。かれは教会の牧師だから、寺の僧侶か神職のような立場にあった。本来は神の詔を唱える人だったのだが、空いた時間に教会の裏にオシロイバナやエンドウの種を蒔いて、花の色や豆の形を観察した。種類を分別して、数を数えた。それから、何かが伝わっている、親の世代から子の世代へ。何か、半分ずつ。その事に気づいた。遺伝子を釣り上げたのはフリードリッヒ・ミーシャーだった。スイスの国境の町バーゼルでライン川のマスの精子から粘着性の物質を分別した。これが、その何か伝わるものではないか、そう考えた。

遺伝子の形を明らかにした、あるいはその「お姿」を私たち凡人に見せてくれたのはジェームス・ワトソン博士である。いわゆるＤＮＡ、「二重らせん」の物語だ。米国、ニューヨーク郊外のコールドスプリングハーバーという港町の由緒ある研究所に今も居られる。すでに九十歳を超えられているが、いまでも、テニスをされるし、まだ時に論文も出される。立派なすこやかな遺伝子をもっておられる。

実は、私たちの大学は少し前（２０１３年秋）に、そのワトソン博士をお呼びした。博士が八十五歳の時だった。「生命の糸」「黄金の二重らせん」その誕生物語からまた今の科学の先をみつめておられた。講演をし、植樹をし、たくさんのサインと握手をして帰られた。大学のキャンパスに大きなオーラが広がって、深い余韻が残った。

博士へお土産に日本の古い写真を一枚差し上げた。蔓を巻く朝顔の写真である。明治中期の古写真。これは写真なのだが、セピア色の写真に手彩色でカラー化してある。日本独自の写真の進化があった。そのことを話しながら、二重らせんの花の絵のような写真を手渡した。

朝顔、モーニング・グローリー、朝の栄光。何ともまばゆい名前だが、「生命の糸」は安らけく永らえたまう。

遅老延寿

最新の老化学からさまざまな薬剤による延命効果が期待されている、だがしかし老いの幸せはそれで得られるだろうか？

よく「不老長寿」という。だが、「不老」はしょせん無理だろう。命宿るものに老いや死がなくなることはないのだから。妥当なのは「遅老」。老いを遅らせる、老化のスピードを弱める。そして「延寿」。「寿」すなわち健やかでいられる老後の時間を少しでものばす。今の老化学、老年学はそれをめざしている。いや、厳密にいうと老化の科学は、老化のしくみそのものを理解しようとしている。だが、巷の期待はアンチエイジングである。だから、老年学からわかってきたことで、どうしたら「遅老」から「延寿」となるか、それを探ろうというのである。では、その老年学の教えは、今、どこまで進化したのだろう？

しばらく前（2015年）に、イタリアの「長寿の島」シチリア島のエリチェという町に、欧米で老化研究を最先端でリードする研究者たち、30名ほどが集まった会議があった。議論のテーマは「人間の老化を遅らせる方策について」。そこで何が議論されたのか、そして何がわかったのか?そのレポートが、連休前に届いた科学雑誌の中にあった。実は私はこの会議に出席していないのだが、私もよく知るこの分野の大物たちが勢揃いしている。その中身にはおおいに興味がわいた。いったい彼らは何を議論したのか、そして何を得たのか?このレポートからその核心を覗いてみよう。

まず、議論の前提となる彼らの共通認識を整理しておこう。

一、老化は何らかの介入によって遅らせることができる、

二、老化を遅らせると生活習慣病や老年病にかかりにくくなる、

三、食事や運動や薬剤によって老化に関係する細胞内のシグナル伝達系を調節すること、それが介入への最善の手段となる、そして

四、ではその介入をいつ進めるべきか?「今でしょ!」

では、どう介入したらいいのか?その戦略は多々あるが、焦点をしぼって有効な手段を選んでいこう。たとえていえば「積極的老化遅延主義法案」とでもいうようなものだが、その中身の吟味をしてみよう。これまでにわかってきたしくみ、寿命制御のメインストリートを中心に、その調節に関わる分子や薬剤について、議論のポイントをみてみよう。

「遅老」手段として有効なのは、まず、ヒトの成長を促進するGH/IGF-1経路(成長ホ

ルモンの一種）を抑える、つまり身体があまり大きくならないようにする。当然のことだが、メタボではなくスリムに生きる。つぎに、mTOR-S6Kシグナル経路（ストレス応答経路のひとつ）を抑える。こうすることで蛋白質や脂質の合成を抑えて、炎症も抑える。つまりあまりエネルギーを浪費しない生活をする。手っ取り早いのは「ラパマイシン」というmTORを抑える薬がある。これは、もともとは臓器移植の拒絶反応を防ぐための薬（免疫抑制剤）なのだが、抗がん剤としての効果もある。なぜかこれを飲むと長寿命になる。そして、サーチュインという寿命遺伝子を活性化する薬剤を利用する。有名なのは「レスベラトロール」。いわゆる赤ワインのポリフェノール、フレンチパラドックスの主役だ。一方で、食餌制限、つまりカロリー制限も寿命をのばす。すると、食べ物の中の栄養素（特に糖質）を減らし「絶食」を模倣するような食事をすればいい、という考えにもなる。そこで推奨されるのは「２－ＤＧ」（２－デオキシ－Ｄ－グルコース）。これはあたかも食事制限をしたような効果が期待される薬剤だ。そして、極めつけは「メトホルミン」。実はこれは糖尿病治療薬なのだが、解糖系を抑えてミトコンドリアでのＡＴＰ産生、つまりエネルギーの産生を抑える働きがある。糖尿病でない人もこれをのめば長生きになる。そんな期待がふくらみつつある。

こうしてエリチェ会議のレポートを読んでいると、現代の老化研究の最先端を俯瞰した感がある。「遅老」への介入手段はさまざまだ。そして、今、ネット上には情報があふれている。ラパマイシンはいい。メトホルミンもいい。2－DGを取ったらどうか、糖質よりもケトン食がいい、等々。今後、こういう類いの「トクホ商品」や「アンチエイジングサプリ」がさらに出回るのだろうが、老化の最先端の議論をしている研究者たちはそれを積極的に飲んでいるのだろうか？というと、実情は、赤ワイン以外はほぼ皆無である。

「これを何ミリグラム飲めば寿命が1年延びます」いや、「延びることが期待されます」といわれて、皆さんは飲むだろうか？ただ老いの時間をのばすよりも、老いの中での幸せ感をふくらませることの方が大切ではないだろうか？

幸せはベクトルである。少しの角度でも、すこしの距離でも、それを幸せと感じる。それは大きすぎないほうがいい。そのほうが長続きするから。日本的なつつましさ、「節度」の中に老いを生きることを教えたのは三百年前の貝原益軒である。有名な「養生訓」の教えだ。エリチェ会議の最新のレポートを読み終えて、目の前の青い空を眺めて今思うのは、やはり「養生訓の節度」。足元をみつめるような慎ましやかな気持ちの中にこそ、老いの幸せが宿る。そんな気がしてくる。

鶴寿千歳、亀寿万歳

縁起物の鶴と亀、それを散らした高砂の絵には長寿への願いがつまっている、だが、どうしてふたりは掃除する姿で描かれているのだろう？

神社の狛犬は遠吠えするではなく、時に独り言をなさる。「鶴寿千歳《かくじゅせんざい》」と申される。犬よりも鶴は確かに長生きだ。だが、神社の神使《しんし》は、ただ何となくだが、個人的にはてっきり亀だとばかり思っていた。鶴亀は縁起のよい生き物で、俗に「鶴は千年、亀は万年」という。現実的には（最長寿は）、鶴は六十年、亀は百二十年ほどだ。（厳密には種類によってかなりばらつきはある。）進化論で有名なガラパゴス島の陸亀は百五十歳を超えたものもいるらしい。それはそれとして、ともかく鶴亀は長寿の象徴、鶴寿千歳、亀寿万歳なのである。

境内の裏手に続く静かな道をあがって上之社へお参りすれば、そこにはたくさんの子亀たちがいる。それこそ無数だが、その亀の数だけその神社への人々の感謝の思いが印されている。何も長寿への願いばかりではなかろう。いやむしろそれよりも病気、受験、縁談、事業など人生の節々での峠越えへの願いと御恩がはるかに多いにちがいない。一番は、理由が何にせよ、それは健やかへの感謝だろう。身も心も健やかであること、それはささいなことであれ、これほどありがたいことはない。

幸せはベクトルである。少し上向いて、少しまた先へ行ける。その角度と長さが、ほんの小さなものであっても、きっとありがたいことと感じる。あまりに急転したら、しっとりとそのありがたさを噛みしめることはできない。少しだからいい。そういうこともあるのだ。今年は少し良くなった。今月は少し良くなった。今日は少し良くなった。それで、少しずつ長続きできることが何よりなのだ。

鶴は千年、亀は万年。それに比べれば人は百年だ。令和2年（2020年）のNHKの大河ドラマ「麒麟がくる」の麒麟、明智光秀に殺された織田信長はその死に際に「人間五十年」と敦盛を舞った。今の時代は「人生百年」の時代である。

俗謡に「おまえ百まで、わしゃ九十九まで」と謡われる。古い時代に言われたことなのだろうが、それが現実になりつつある。古い時代でも女性上位、女性のほうが長生きなのはすでによくわかっていたこととも知れる。「おれは百まで、おまんは九十九まで」ではないのだ。

以前（2013年6月）、大阪での日本老年学会の折に市民講演会を開いたことがある。その時のポスターにはよくある高砂の絵を使った。翁《おきな》が熊手をもち、嫗《おうな》が竹箒を手にしている。

その周りには塵ひとつない。そのそばには亀が寄り、鶴が舞う。老化を科学する人間として、この絵は不思議に思えた。どうして、掃除をしているのか?それが何でおめでたいのか?あとになって調べてみると、どうも語呂合わせのようだ。媼、つまりは老婦人が箒で掃いているのだが、その「掃く」は「百」で、老人の翁の「熊手」は「(九十)九まで」に通じる、という。なんとも他愛ない。しかし、その時、自分に次第に思えてきたことは、「自浄による長寿」という考え方だった。身が老いる、細胞が老いる、その背景には老廃物の蓄積がある。認知症のアルツハイマー病も脳内にアミロイドβという凝集物がたまることが神経ネットワークの障害になる。それが原因でボケる。

最近話題のオートファジー、四年ほど前の大隅良典《おおすみよしのり》先生のノーベル賞で有名になった言葉だが、細胞内でのオートファジーを活性化してやれば細胞は健康長寿へ向かうということがわかってきた。実験動物のマウスでもオートファジーの活性化で心肥大や癌など、つまりは腫れ物「でんぼ」が抑えられて長生きになる。だからあの高砂の絵は、身の中を掃除すること、つまりは「自浄」こそが健康長寿への道なのだと、そう教えてくれているものだと理解できた。

身の中を清めることは簡単ではないかもしれない。そうであるなら、まずは身のまわりを掃き清めることから始めてみよう。それもきっと百寿、千寿へつながる道だ。

若さの泉

東洋でも西洋でもアンチエイジングブームは古来からあった。中世のヨーロッパで描かれた『若返りの泉』の絵画、その背景にはいったい何があるのだろう?

世の中、アンチエイジングブームと言われて久しい。書店に行けば、その手の「若返り本」がいくつも山積みしてある。それでそんな本を買い求めた人たちのどれだけが「若返った」かというと、それは如何なものだろう。

振り返れば、江戸時代には、かの有名な『養生訓』がある。福岡の貝原益軒が晩年に書いた健康指南書、要はアンチエイジング本で、当時のベストセラーだった。その後も同様の「養生本」が江戸時代を通じてざっとみても三十種類くらいは出ている。人々は健康に気を使い、少しでも体にいいものをいつも追い求めてきた。それは世界中どこでも同じで、2千年の西洋史を概観してみても、同じような状況がある。中世イタリアの『サレルノの養生訓』もその後百種類以上の写本が作られ、二百年以上も流布したという。西も東も、アンチエイジングに余念がない。そこらへんの状況は、拙訳の『老いと健康の文化史:西洋式養生訓のあゆみ』(原書房)

に詳しい。

益軒の養生訓は東洋医学を基礎とし、西洋の養生訓は遠くギリシャ時代の医聖といわれたヒポクラテスの思想を基にしている。ヒポクラテスの健康思想、それは居住環境や飲食、運動と睡眠、体液の保持と排泄、それと情緒バランスに重きを置いた。要は、衣食足って礼節を知り、あとは身体を動かして休息をとる、代謝に気づかい、心の安寧を心がけよと、益軒の思想とさして変わることはない。そして、時代がまた百年、千年下っても、同じことが繰り返される。「すこやかの基本」は不変なのだ。

サレルノの時代から少しして、西洋には有名な『若返りの泉』の絵がある（170頁参照）。おそらく誰もが一度は見たことがあるだろう。でも、なんとなく知ってはいても、それをじっくり見た人は意外に少ないかもしれない。この絵は左から右へと「読む」。左方から幾人もの老人が運ばれてくる。中央のプールで若い女性たちからの精気を浴びて、右側の岸辺に上がってみれば、若さが満ち満ちて、人々と賑やかに語らい、踊り、楽しげな時間に浸る。そんな光景が広がっているのだ。これを右から左へと読めば、それは「老化の泉」になってしまう。「若さ」を追い求めるのは何も本や絵画だけではない。科学研究だって同じだ。生体の中での「若返りのヒント」を探ろうと、いろいろな研究が展開されている。最近目につくのは、パラビオーシスという生体接合の実験。老若個体をくっつける、小さなネズミでの実験だ。若いネズミの血が、老齢ネズミにも伝わって、確かに「若返り」が起こるというのだ。代謝は改善し、脳の認知能も上がる。ごく最近の研究では、若い動物から老齢動物へ、脳の中の泉のエキス、脳脊髄液を注入してやっても、やはり認知能力が向上した。その時、何が変化したのか？それを探れば、「若返りのヒント」が見えてくる。ある種の成長因子が鍵になっているらしい。それがわかると、もう若い人の血やエキスはいらない。そのタンパク質や遺伝子を元に次のことを考えればいい。その先には「生命の妙薬」が出現するかもしれない。いわゆる徐福伝説の「秘薬」なのだが、現代科学もそれを探っている。

　こうして少し「ヒント」が見えると人々は満足する。アンチエイジングが必ずしも実現しなくてもいい。少しの希望に安らぐのだ。でも、自らを鍛えて若さを保つ、それが理想だろう。欲望よりも、今をありがたいと思う心、それが一番だ。自らを見つめる心と視線。それをしっかりとさせて、前を向いて行こう。

「老い」と「寿」のはざまで

老化と寿命は密接につながる、その秘密、裏腹の関係性を老化の基礎研究が明らかにしてゆく

長いこと、日本の最西端にある大学に勤めていた。大学で何をしていたかというと、一つは医者のタマゴを育てること、もう一つは老化の研究をすることだった。昨今の医師不足、特に地方での医師不足が叫ばれる中、文部科学省と厚生労働省の指導もあって、地方大学の医学部生の増員も従来の二割を超えるまでになった。一方で教授の数はその分増えたかというと、国立大学の独法化以降、暫時縮減。基礎系はまさに「0増5減」、国会議員の地方区の「10増10減」とは随分違って、バッサリとした感があった。

今、「基礎系」と言ったが、これは医学教育の分野で「臨床系」に対比した言葉だ。医学生が大学で何を学ぶかというと、それは日常、病院にいってかかるいろいろな診療科があるが、まさにそのすべての勉強をするところだ。しかし、学生は最初からこの専門的な「臨床」科目、内科とか外科とか、あるいは放射線科とか麻酔科とかを学ぶのかというと、そうではない。最初は全人的な「教養教育」に始まって、次いで医学の「基礎」（専門基礎）を学ぶ。生化学や

分子生物学、解剖学や生理学、そして薬理学や病理学など、これらがその「基礎系」ということになるのだ。いずれも患者を対象とした実践的な医学ではなく、その前段階の基礎学問というわけである。

別の言い方をすれば、「臨床」に上がる前の、いわば「下」のレベルの学問だ。しかし、この「下のレベル」の学問は「レベルが低い」という意味ではない。若い医師たちの知識や技量はしっかりとした「基礎」の上にたってこそ揺るぎない信頼に足るものになる。だから、「基礎」の教育が大切なのだ。

2012年の10月8日、ノーベル賞のニュースで日本中が沸いた。京都大学の山中伸弥教授のノーベル医学生理学賞。まことに喜ばしい出来事だった。今では誰もが知る「iPS細胞」。不思議なものだ。恐らく、私たちのような生命科学の分野にいる人間を除いて、一般にはほとんど知られていなかったことであっても、このノーベル賞になったという瞬間から、あっという間にもう「常識化」してしまう。夢の万能細胞。当時、怪しいニュース（小保方事件）もありはしたが、山中先生の純正なiPS細胞は、まさに現代の再生医療分野で「期待の星」だ。医療革命の前触れといっても過言ではない。当時、受賞後のインタビューで山中先生の言葉、ひとつひとつ噛みしめて話されたその言葉、

「自分は手術は下手だったけれど、研究で何千何万の患者さんを救いたい」

それがとても印象的だった。

医師として目の前の患者さんを救うこと、それは素晴らしいことだが、将来のことを考えれば今直せない病気を直す、その道を開く、これもまた素晴らしいことであるのは間違いない。いや、それこそがより新しい時代を切り開くことになる。この時の受賞はまさにそれを教えてくれたような気がする。医学の基礎研究、これはけっして「下のレベル」ではないのだ。

このiPS細胞も老化の研究に役立つ。たとえば百歳を超えても今なおお元気な方々、これを「百寿者」（センテナリアン）というが、日本には今8万人以上もいる。たとえば、その人たちの皮膚からiPS細胞を樹立する。そして、普通の寿命の家系、あるいはより短命の家系の方々のそれと比較する。そのiPS細胞を皮膚や心筋や神経の細胞に分化させて、その時の遺伝子発現の様子をつぶさに調べ上げる。そうすることで「長寿」に必要な要素が浮かび上がってくるだろう。

また、アルツハイマー病の患者さんの皮膚からiPS細胞をつくって、それをさらに神経細胞に変える。その細胞でいろいろな薬剤や新規化合物をためして神経を保護する特効薬を見つける。いろいろなことが可能なのだ。

しかし、iPS細胞からある程度の組織再生は可能になっても、「脳」をつくりだすことは不可能だろう。これはあまりに複雑すぎる。数種類の神経細胞（ニューロン）やそれを助けるグリア細胞はiPSからできても、脳の再生はありえない。しかし、それでも老化制御を可能とする新しい時代は近いかもしれない。

以前、私の研究室では神経細胞をおそらくは世界で一番長く培養していた。シャーレの中で必要な栄養を与えて、ずっと飼い続けていたのだ。脳の中でおこるのと同じように、神経細胞は突起を伸ばし、神経のネットワークをつくる。そして、興味深いことに、脳の中と同じように老化もした。顕微鏡の下でニューロンの「老い」を観察できる。

一方で、今、私たち人間の寿命を制御している遺伝子もだいぶわかってきていた。だから、そういう「寿命制御遺伝子」の中でニューロンの老いを止める、あるいは抑えるものが見つかれば、「老い」を「寿」に変えること、そんなことも可能かもしれない。

「老」という文字はまばらな白髪の老人が腰をまげて杖をついて歩く姿からできたといわれている。顕微鏡の下に見るニューロンもそれと同じようにいろいろな方向へ突起を伸ばす。その伸び方を上手く変えると、また別の形になる。「老」を「寿」に変える。そんな遺伝子があるのかもしれないのだ。

知吾旅

人生は吾を知る旅、真の自分を知る旅のようなものだろう、肩書きのない自分になってこそ、人には真の人間性がみえてくる

定年が近づいてくると、何かと不安になってくるものだ。長年の研究人生を終えて、少し生き方を整理することを心する。私の場合も、そんな思いが2〜3年続いた。

テレビでいろいろなニュースを見る。時に、「専門家によると云々」と聞こえてくる。事件なり事故なり、あるいは時の情勢や世相の変化の解釈について、何らかの「お墨付き」がほしい、ということなのだろう。皆さんは、もし、その人に肩書きがなかったとしたら、その人の文章をどう捉えるだろう?その人の発言をどう聞くだろうか?

定年を迎える年、年度末が近づくことが、当時の私には重くのしかかっていた。その日をもって生活ががらりと変わるだろう。よく言えば「後進に道を譲る」ということなのだが、端的に言えば「お払い箱」ということでもある。自分がお払い箱になる、それは誰にとっても楽しいことではない。

よく無事に定年を迎えるという。何が無事なのか?まあ、冷静に考えれば、昨今の世の中、セクハラだのパワハラだの、上への突き上げは厳しい。大学においてはアカハラというのもある。教授の立場を利用して、何かことを有利に動かす、そんな圧力をいう。そういうことなしに終われることが「無事に」ということに反映されるのかもしれない。その意味では、私の場合も無事、なのだろう。

だが、肩書きがなくなったら、人は人でなくなるのか?そう大声で叫びたいような気持ちにもなる。人が人でない、そんなことがあるものか。私は私である。職を終えようと、肩書きがなくなろうと、人は変わることはない。それは一つの節目にすぎない。現実的にはワンステップダウンなのだろうが、意識的にはワンステップフォワードでありたい。どのようなことであれ、変化は刺激である。刺激は人を弱くもするが、時に強くもする。それは捉えようで変わる。少しでもいい方向へ舵取りをしたい。だれもがそう思うだろう。ある日を節目に日々やることがガラッと変わっても、人間性そのものは不変なはずだ。私は私、それに変わりはない。

自信をもとうではないか。いや、自信をもつというより、これを機に自分というものを見つめ直そう。何かそういう気持ちが芽生えてくる。節目があるというのはいいきっかけである。定年に限らず、還暦でも、年金受給の始まりでも、あるいは厄年でさえ、それは意識する上でいい節目なのだ。それを大切にしよう。

人生とは何か?それにはいろんな答えがあるだろう。単純には生き抜くことだ。だが、人生とは自分を知る旅であると捉えることもできる。吾を知る旅。「知吾旅」。今ここではあえて、「我」とは書かず、「吾」としている。俺が俺がというような外向きの我ではなく、内向きに吾を深く考える、それが大事だろう。よく自制心とも自省心ともいう。静かに自分を振り返る時間、それを大切にしたい。その時間の積み重ね、それが「知吾旅」なのである。

昭和の時代の日本の頭脳ともいえる湯川秀樹は晩年、人の求めに応じて色紙に「知魚楽」と書いたという。魚の楽しみを知る。魚でない人間になんで魚の楽しみがわかるのか?元は荘子の問答なのだが、魚の楽しみを知る、そんな晩年でありたいとも思う。

もう肩書きはいらない。ありのままの自分でいい。そして自分は自分として生きる。吾を知る道、吾を知る旅。それがわかってこそ、本当の人生といえるのだろう。そこで何かに気づいたら、自身の心も満たされる。それがまさに吾を知る、悟るということ、りっしんべんの心なのかと思う。

老・脳・寿

老いを知る、脳を知る、そして寿命というものを知る、それを考えながら本物の老化脳になった

定年を迎える。ふつうに働いていても、その日はいつしか誰の身にもふりかかってくる。男でも、女でも。だが、一家の大黒柱として長く働いた男にしてみれば、その現実はかなり残酷である。それですべてが終わるのだから。私の場合、長く研究者だった。研究者から研究の場を奪えば、それはただの人になる。ただの人、それはそれでいいのかもしれない。しかし、長年培った日々を思えばそれは厳しい。寂しくもあり、虚しくもある。

平成の最後の年、平成31年（２０１９年）の初場所で横綱稀勢の里が初日から四連敗のあと引退を決意した。記者会見の場で、横綱はかろうじて「自分の土俵人生に悔いはない」と言ったが、それは真実ではないように思う。横綱としての底辺で過ごした日々をふりかえれば、未練がないわけではなかろう。だが、一方で終わりは美しくもありたい。すべてをこれでよしとしたい。それも人情。人がひとり去って、また新しい人が上がってくる。自身は消えて、代わりに他の人が立つ。それでも世の中は回る。

よくいえば後進に道を譲る、次世代に託す。その意味では、この「平成」から「令和」へ変化するタイミングで身を引くというのは、いかにもふさわしい節目だったのだろう。

『老・脳・寿』とタイトルに掲げた。私自身にとっては、それがすべてだった。老化を考える、脳を考える、寿命を考える。老いを知る、脳を知る、そして寿命というものを知る。「お前さんの研究はいったい何だったのか?」と問われれば、一言で言えばそれは「老化脳」。脳の老化を考えながら、いつのまにか歳をとった。気がつけば、自身の脳が老化脳になってしまった。だからもう後進に道を譲る、その時が来た。

研究人生が終わるような老化研究者にも夢があった。研究上のことで、すこし大袈裟かもしれないが「老いを寿に変える」、そんなことを思いながら、もう40年ほども突っ走ってきた。

夢はいつもすんなり叶うわけではない。だから、人は祈る。

ある人の歌にこうあった。

♪大きな祈りはすべてを含んでいる。。。。。。

♪小さな祈りも無限まで集まれば

♪世界は変わるはず

その歌は医療現場の苦闘を描いたテレビドキュメンタリー「ヒポクラテスの誓い」の主題歌

だ（「We Wish」阿木燿子作詞／宇崎竜童作曲）。自分も日本の西の端っこの大学でヒポクラテスの卵たち（医学生）に脳のすごさを説いてきた。その日々ももう終わる。

「最終講義」というものがある。自分にとっての「千秋楽」のようなものだ。タイトルは「老・脳・寿――老いをみつめる脳科学」。その研究が私のすべてでだし、いつもそのことを考えながら生きてきた。そんな日々のふとした思いを、こんなコラムに書き綴ってきた。「老いの科学」のこぼれ話なのだが、そんな落ち葉のような話の中からも、人は生きるヒントを見つけてくれるものだ。よりよく生きる、すこやかに。そのすこやかは身体でもあり心でもある。いずれにせよそれを制御するのは脳だ。そして脳が自分自身を意識し、自分を知っている。

平成の終わりとともに私の研究も終わる。だが、夢をもとう。「老いを転じて寿となす」、一介の研究者には三十年その道で頑張っても、簡単にはその答えには届かなかった。でも、神様なら、きっといつか叶えてくれる。

「災いを転じて福となす」

だれもがそれを願って鳥居をくぐる。

「老い」を「寿」へ。

研究は微力だったけれど、神様はきっとずっと見守ってくれているだろう。

第6章

脳からのアンチエイジング

いまあなたの老いは健やかですか?

若返りの泉：ルーカス・クラナッハ作（1546年）

アンチエイジング願望

いまテレビでも雑誌でもアンチエイジング、健康番組が大流行りだ。だが、何もこれは現代に限ったことではない。たとえば、歴史的に見ても、そんな願望を具現化したものとして、有名な「若返りの泉」の絵がある（図）。ドイツの画家、ルーカス・クラナッハが描いた。画面の左側から年老いた老人が、介護者の手を借りながら運ばれてくる。中央にあるプールのような泉に入って、若い女性から精気をもらって元気になって右側の岸に上がる。そちらではすっかり若く元気になった人たちが楽しい宴の中にある。

その若さがいつまで続くのか、それはこの絵の中ではわからないが、当時でも誰もが願うアンチエイジングの夢を具現化してみせたのだろう。平均寿命はおそらく50歳にも満たない、そんな時代である。庶民にはとても願えないことだっただろうが、地位や財産があったとしても、誰にとってもそれはあくまでも夢。絵の中の世界のことだったのだろう。

秦の始皇帝の徐福伝説にもあるとおり、洋の東西を問わず、またいつの時代でも、アンチエイジングは人間の古来からの夢、あるいは根源的な欲望のひとつとして常にあった。

脳こそがターゲット

アンチエイジングというと健康増進的なあるいは美容整形的な意味合いで話されることが多い。しかし、生体のコントロールタワーとしての脳こそが、アンチエイジングを考える上で最も重要な組織器官である。まだ、寿命制御のメカニズムは完全には理解されていないとはいえ、それでも老化制御、寿命制御の中枢は脳であることはまちがいない。老化を制御するターゲットは脳であるべきなのだ。

いわゆる美肌効果のある化粧品だとか、アンチエイジング食など、巷に出回っているが、本来、科学的にめざすべきは、脳からの抗老化策、つまり脳のアンチエイジング戦略である。そこにこそ本質があり、表面的な改善ではなく、身体全体を改善できる可能性がある。

脳の機能が劣化すれば、身体を正常に保つことはできない。脳は「知」の組織であると同時に「身」のつまりはボディーコントロールのセンターなのである。また、脳は「知」の組織であると同時に、「情」の組織でもある。「老いの寂しさ」も、「死への恐怖」も感じるのは脳だ。何も「認知」だけが問題なのではない。アルツハイマー病だけが問題なのではないのだ。自らの老いをしっかりと受け止めていかなくてはならない。それをするのも脳、老いてゆく脳なのである。

老いる脳はすべてを受けて立たねばならない。いま、老化研究者たちはさまざまな視点から「老いる脳」を調べてきている。脳はどう老化するのか？老いるニューロンの中で何がおこっているか？それを制御する要因にはどのようなものがあるのか？寿命を制御する遺伝子や、脳の老化を制御する大事な分子もみえてきたから、そういう研究成果から科学的に信頼できる本物のアンチエイジングサプリ（サプリメント）の開発も可能かもしれない。だが、それよりも大切なことがいくつもある。ここでは、脳の老化を俯瞰しながら、脳からのアンチエイジング戦略を考えてみよう。

脳は若返るか？：アンチエイジング研究のめざすもの

そもそも、いったん老化した脳を若返らせることができるのだろうか？80歳のヒトの脳を20歳の脳とは言わずとも、60歳、40歳の脳に戻すことができるのだろうか？答えは、恐らく、ノーだろう。脳の主体は神経細胞（ニューロン）だ。これは生後、ほとんど分裂しない。いわゆる非分裂細胞である。若返りのリセットはできない仕組みになっている。しかし、一方で脳に新たなニューロンを生みだす幹細胞、ステムセルが存在することがわかってきている。しかし、それができるのは、適応と補足程度だ。時計の針を戻す、時間を戻すことは、けっしてできない。

ただし、若返りができない、つまり戻れないことと、老化を阻止できないことは同義ではない。老化は時間軸に沿った自然現象であり、後戻りすることはない。しかし、その進行を遅らせ、時には留まらせることは不可能ではない。脳の加齢はそれに「ブレーキをかける」という意味での抗加齢は可能である。これは、若返りではないが、明らかに利はあるし、それを望むべきである。では、それをどうやって達成するか?サプリではなく、より自然な形で何かできないか?それを考えてみよう。

アンチでなくスローエイジング：老いの傾きを変える

脳の加齢、あるいは老化の究極はアルツハイマー病やパーキンソン病のような神経変性疾患である。いったん、その病気になれば、神経細胞の変性、脱落は年齢とともに徐々に進行する。一旦始まれば、決して留まることはない。時間依存性の、進行性の、そしてまた退行性の疾患である。脳の中を形態的にみれば「神経変性」だが、機能的にみれば「認知障害」である（アルツハイマー病の場合）。機能的にも進行性の病気であり、元に戻すことはできない。

しかし、先にも書いたように、進行を遅らせる、それを可能にする手立てはある。アルツハイマー病やパーキンソン病の分子機構が明らかになるにつれ、その初期の変化をいち早く捉える、その進行を遅らせる、そういうことは可能なのだ。それは老いの時計を巻き戻すのではなく、老いゆく傾きを緩くすることなのだ。

キーワードは「可塑性」：その可能性にかける

このような神経の老年性の病気の進行を制御できるという根拠はどこにあるのか？それは、神経細胞の本来もつ「可塑性」（プラスティシティー）という能力にかかっている。神経は分裂しない。若返りができない。母細胞が二つの娘細胞になることはない。しかし、その代わりに、若い神経細胞がもっていた強い変革能力、反応応答性は老齢期になっても保持されている。脳は老いても、神経はまだ若さを保っているのだ。この「可塑性」という周囲の変化に敏感に反応して適応していく能力を如何に健全に保つか、如何にしてそれを鼓舞するか、これが、脳の抗加齢を考える原点になる。

老化脳を守る：すべては「可塑性」から

では、具体的に、神経の「可塑性」とは何だろう？老化脳を形態的に見れば「神経変性」を特徴とする。機能的にみれば「認知症」であったりするのだが、神経の「可塑性」はその老化脳での重要な変化の基礎になるものだ。神経細胞の可塑性の変化は形態的に、また機能的にも見ることが可能なのである。

形の上での可塑性は神経ネットワークの再編成へと通じる。働きの上での可塑性はシナプス機能の柔軟な変化として捉えられる。一見、別物のように聞こえるが、先の「認知症」の背後に「神経変性」があったのと同様に、ネットワークの再編とシナプスの変化とは裏腹の関係にあるのである。

興奮性シナプスの「スパイン」といわれる神経と神経の接着点の微細な膨らみが、微妙に形を変える。分子的には「アクチン」という細い細胞の骨組みの集積状態を変えることで形が変わり、シナプスの機能性も変わる。

脳は老化しても、その中の神経はこの能力を多少なりとも保っている。それを維持し続けることが大切だ。しかし、この能力が劣化すれば、「老化脳」の症状はしだいに深刻になる。したがって、脳のアンチエイジング、つまり抗加齢を促進するには、この「可塑性」能力を如何にして維持するか、活性化するかが重要な鍵になる。

「可塑性」を鼓舞する

では、神経の「可塑性」をどうやって鼓舞するのか? それへ向けての具体的な科学的方策が見えている。面白いことに、「脳」そのものを鍛えるのではない。「身体」を鍛えることで「脳」の「可塑性」を鼓舞する。脳へ「刺激」を入れることで「可塑性」を鼓舞する。幹細胞を刺激することから考えると、、効果的なのは、適度な「運動」と豊かな「環境」と適切な「栄養」の三点セットだ。いずれも、脳への外からの入力をさまざまな形で「刺激」することになる。「運動」は筋肉からのモーター系を刺激し、「環境」は脳へ入るセンサー系を刺激し、「栄養」は脳への血流から脳の代謝系(メタボリズム)を活性化する。

「脳」という組織は自分を意識し、他人を思いやる心というようないわゆる高次脳機能を発揮できるが、「老化」というような生命現象の中では、ボディーコントロールのセンターという捉え方ができる。根源的な「意識」を司る部分つまり脳幹や延髄など、脳の奥深い部分が、老化制御、抗加齢を考える上では最も重要な部分である。そしてまた、「知」や「情」や「意欲」といった高次機能ではなく、むしろ、身体(末梢)と大脳(中枢)をつないでいる「運動」と「感覚」の中枢となる中心溝の前後の脳回(大脳皮質の膨らみのこと)、いわゆるペンフィールドの小人の領域が重要と思えるのだ。

動物の神経は進化的には基本的に筋肉を動かすために発達した。「動く物」としての動物の原点である。いつどの筋肉をどの程度動かすか、それを決するために感覚器との連携が成立した。この前頭葉前部、頭頂葉後部にある第一次運動野、第一次感覚野は、まさに「運動」と「環境」を感知し制御する第一の場である。一次情報処理の場としてはここが大切だが、無論、様々な入力や出力を複合的に処理する連合野の機能も重要だ。

とにかく、適度な「運動」と豊かな「環境」、そしてしかるべき「栄養」が神経の「可塑性」を活発化させ、脳を抗加齢へ向かわせるために最も重要な要素なのである。

「豊かな環境」が脳を刺激し脳の老化を抑える

老いの傾きを変える、という意味での脳のアンチエイジングが可能であることを示す具体的な例をみてみよう。

第一の例は、生活環境を豊かにすることによって脳は抗加齢するというものだ。これは脳が若返る、といっているのではない。老化の進行を遅らせることができるということだ。たとえば、シカゴ大学のシソーダの研究グループが、「豊かな環境」でマウスを育てるとアルツハイマー病になりにくいことを報告した。といっても、本来、マウスにはアルツハイマー病はない。せいぜい3〜4年が寿命のマウスでは通常、加齢性神経変性疾患は知られていない。そこで、ヒトのアルツハイマー病の原因となるアミロイド前駆体遺伝子とプレセニリン遺伝子の変異体を導入して、マウスの脳にヒトのアルツハイマー病脳で観察されるアミロイドβ（Aβ）沈着物が比較的早く形成されるようにした。

どこの研究室でも使われているアルミの箱に床敷を敷いたいわゆる「ケージ」（かご）といわれるもので飼育したマウスに比べ、トンネルや渡り棒や回転輪などの玩具を入れた「パーク」（遊技場・公園）のようなところで飼育したマウスでは、アミロイドの沈着が極度に低下するという結果だった。これは大脳皮質でも海馬でも顕著だった。様々な玩具をいれておくと、視覚的にも体感的にも刺激は多いだろう。そして、自発的な運動も促進される。

別の研究で、サンディエゴのソーク研究所のフレッド・ゲイジの研究グループは、このような「豊かな環境」下にあるマウスの脳ではいわゆる神経幹細胞（ステムセル）の活動が盛んで、新しい神経が生み出され、新しい神経ネットワークができやすいと主張した。高齢期のマウスでもこうした飼育環境で、通常の5倍もの神経細胞が生まれてくるという。老化脳における神経再生の可能性を探ることは今後の脳のアンチエイジングを考える上でも重要な課題である。

脳の抗加齢のもう一つの例は、お茶（緑茶）がアルツハイマー病の進行を抑えるというものだ。これは日本人にはグッドニュースである。こちらは、南フロリダ大学のタン一派の研究結果である。先のシカゴ大学の研究と同様に、ヒトのアルツハイマー病脳に蓄積するアミロイドを蓄積しやすくしたモデルマウスに緑茶成分のカテキン系分子を長期的に投与すると、アミロイド前駆体からの病状特有の切り出しを阻害し、アミロイドβ（Aβ）の沈着を抑えたという結果だった。いわば、適度な「栄養」が脳の抗加齢に有効というものだ。この場合、お茶の成分の中で有効なのはエピガロカテキンガレート（EGCG）というものだった。少し複雑な構造だが、その構造をみておこう。いわゆるポリフェノールの形を含む抗酸化物質だ。

高齢者にとって何が「豊かな環境」か？

しかし、お茶や栄養はいいとしても、高齢者にとっていったい何が「豊かな環境」なのだろうか？老人ホームの部屋にいくつもの玩具や、あるいは介護用ペットロボットを置くことが「豊か」なのだろうか？一般には、老人ホームやケアハウスの部屋よりも、本来の家族のいる「家」

の片隅にいることのほうが、「豊か」かもしれない。人間への「刺激」という点では、物質的な豊かさと精神的な豊かさのバランスがいつもつきまとう。別の言い方をすると、物質的にも文化的にも様々なものが交錯する「都会」が豊かなのだろうか？それとも、ゆったりとした環境で空気も水もきれいな「田舎」の方が豊かなのだろうか？

米国でいえば、フロリダや南カリフォルニアの住環境をすばらしいと思うこともあるが、それにしてもダウンタウンロサンゼルスの便利さと刺激性を良しとする人もいれば、その郊外のサザンドオークスのようなゆたかな丘陵地での静かな生活を理想とする人もいるだろう。あるいは日本人であれば、小さくても四季に花咲く日本の樹々が植わった庭のあるしっとりとした日本家屋、たとえば、昇地三郎先生の住んでおられたお宅のような環境を良しとする人も多いかもしれない。

「住めば都」とよくいうが、どこがいいというのは人によっても様々だろう。高齢者にとって、様々なものを入れ込んだ都会のような環境は、適度な「刺激」というよりは過度な「ストレス」になりかねない。人間の場合、個人的な嗜好も様々であり、したがって、「豊かな環境」といっても、それは一概にこういうものとは言い難い。

あるいは、これは必ずしも「豊かな環境」なのではなく、「新しい環境」の効果も一部含んでいると解釈することもできる。普段見ることがなかった環境、あるいはいつもと違う世界、そういうものに出くわしたら、人は誰でもそれを「新鮮」に感じるだろう。それに「はっ」と気づくこと、そのことがすでに脳を刺激している。もちろん、それを受け止める「感性」を持ち合わせていることが条件になるが、「豊か」ではなくても何かしら「ちょっと新しい」環境も、脳には必ず「刺激」になることは間違いない。

安心の巣があることも大切

一方で、童話の中での話ではあるが、「都会のネズミ」と「田舎のネズミ」にとってどちらの環境が豊かかと問えば、結局は本来慣れ親しんだところが最も居心地よいという。これはネズミにとっても心理的な、精神的な豊かさを与える場があるということなのだろう。住み慣れた場所というものは「安心感」を与える。だから「帰る場所がある」ということはとても大事だし、それがなければ「安心」はうまれない。アルツハイマー病患者の夜の徘徊も、根本的な原因はこういうところにある。

だから、いつもと違う環境なり、豊かな環境もいいのだが、一方で、その礎にはいつもと変わらない自分の安心できる場所がなくてはならない。人には、とくに老人にはそれがとても大切になってくる。若い時期は、刺激的な新しい環境を次々に渡り歩いていっても、それを十分に吸収し、自分の豊かな経験につなげていくだろう。だが、老年期になるとそれはきついことのほうが多い。若齢脳と老化脳とでは同じ環境刺激でも、その受け取り方、効果は変わってくるものだ。これも、要は「バランス」だし、他でも書いた「程度問題」にもなる。

脳への栄養補給と神経への刺激

脳への「栄養」の面から抗加齢を考えると、「カロリー制限」はゆるぎない。これまでのマウスやラット、さらにはサルを使ったさまざまな研究結果から考えても、「食事制限」「カロリー制限」は長寿を達成するのに非常に有効であるという事実がある。カロリーを制限することは必ずしも低栄養を意味しない。しかし、いわゆる不老長寿はないにしてもカロリー制限による長寿化には、その低カロリーが脳に何かしらの良い影響を与えているはずである。それは一体どういうことなのだろう?

脳へ行く血流が断たれると脳に酸素供給がたりない「脳虚血」になる。これは「脳卒中」に落ち入りやすい。短時間で神経細胞は栄養不足、酸素不足で死んでしまう。したがって、脳への血液循環を維持することは抗加齢を考える上でも大変重要だ。血管の障害はアルツハイマー病とは異なるが、いわゆる血管性認知症を促すことになる。先の、お茶の成分がアルツハイマー病の進行を防いでくれるというのも、この血流にのった栄養面での効能なのだ。

長寿へのカロリー制限の効果の背景にはインスリンあるいはインスリン様成長因子（ＩＧＦ）による代謝制御がある。このような全身的な代謝的制御も脳の抗加齢に寄与するだろう。カロリーの制限、適度な運動、適度な感覚的あるいは知覚的刺激、これらが、上述のような、脳と末梢組織との連携の中で、健康長寿化へのバランスを上げてゆくものと期待される。

腹八分もまた脳を支える

そもそも日本では「腹八分」という文化が定着している。これは、江戸時代の健康指南書として有名な貝原益軒の「養生訓」にも書かれていることで、三百年も前から日本の常識だった。カロリー制限の寿命効果については、実験室で使われるマウスでの効果が最初に報告されて大きな話題となったが、考えてみればこれはまったくあたりまえの結果を大きく喧伝した感じもある。というのは、実験室でのマウスは常に食べ放題が当たり前で、ケージには常に固形試料と水が供給されている。24時間、常にその飲料水と飼料はどの飼育施設でも欠かすことはない。

狭いケージの中で，他に何もすることのないネズミは往々にして食べ過ぎの傾向になるのが自然の理である。だから結果的に、30％食餌制限したマウスは長命になった、というのはごく自然の摂理なのである。

一方で、高齢期には必ずしも低カロリーがいいとは限らない。いわゆる「小太りのメリット」がある。カロリーだけでなく、脂肪も同様で、高齢者の場合、脂肪もカロリーもあまり抑えすぎないほうがいいといわれる。老人はただでも皮膚が乾燥しやすくカサカサになりがちだ。だからある程度、脂肪の摂取も悪くないし、カロリーも少し高めて、多少は皮下脂肪があるくらいのほうがいいという。これも「程度問題」なのだが、若齢期や中年期に比して、高齢期にはまた別の教えがメリットを生むこともある。

脳へのエクササイズ：運動も脳を刺激する

「環境」は五感を通してはいってくる脳への刺激なのだが、一方で、「運動」は身体にはりめぐらされている末梢神経系や血管系をとおして脳を刺激する。過労は，無論いけないが、「適度な」運動は脳へのさわやかな刺激となる。これも「程度問題」だ。

先の「環境」の変化で影響をうけるのは、脳内でいわゆる大脳辺縁系と大脳新皮質だ。それに対して、「運動」することで活性化されるのは、いわゆる大脳基底核と小脳だ。中脳あたりも経由するので、どちらかというといわゆる下位脳周辺を刺激してくれる。

環境刺激、運動刺激、栄養刺激によって，脳内で効果がでる部分はそれぞれ異なる。それぞれによる活性化部位が違うことから、それらに「相乗効果」が生まれる。種類の違う刺激が同時に入ってくると、それぞれの回路が回り、それぞれがまた影響しあって、さらに境界領域の連合野へあらたな刺激がうまれるのだ。だから、豊かな環境がいい、運動がいい、栄養がいい、ポリフェノールがいい、脳トレがいい、などなどそれぞれもたしかにいいし、あるいは何でもいいのだが、いろいろなことをやってみることが大事だ。それも人に言われてやってみるのではなく、自分で考えて、自分でやってみようと思ってすることがよりいいはずだ。それが「想像」をかきたて「創造」をうみだす。意欲も高まる。「老いてなお元気」というのは、そういう「意欲」が基礎になる。

だからエクササイズは何も運動だけと思う必要はない。大きな声で歌うことでも、何か楽器を試してみることでも、本を声にだして読んでみることでも、あるいはただ縁側で茶飲み友達と会話することでも、会話のための筋肉を介して脳への刺激は十分に入っていく。

ホルミシス：マイルドな刺激とストレス

すでに述べたように「豊かな環境」や運動のような「エクササイズ」が脳の抗加齢を促すにせよ、そこには必ず「程度問題」があった。この「程度」、マイルドな刺激は良いが、過度の刺激はストレスになる。お茶にも適量があるだろうし、それも度を越せば毒になる。「運動」も過度になっては「疲労」がたまるばかりだ。したがって、先の「運動」と「環境」と「栄養」面から脳の活性化や脳のアンチエイジングを目指せるという事実も、その兼ね合いが重要となる。適度な刺激、その程度の判断が難しい。

老化の分野に限らず、マイルドな刺激はいい、ということはよく言われてきた。いわゆる「ホルミシス」効果である。温泉は温度刺激や、時にイオウの刺激もｐＨ（酸性度など）の刺激もある。ラドン温泉では放射線効果もある。要は、こういうホルミシスというマイルドストレスは、生体の応答性を高める働きがある。脳であれば、可塑性刺激を与えて、その応答反応を忘れないように仕向けることなのだろう。

自分の「適度」を知る

だが、それにしてもマイルドな刺激、適度な刺激、というのが問題となる。どこまでがマイルドで、どれくらいがそれぞれの人にのって「適度」なのか、ということだ。これは、人から言われるのではなく、あるいはどこかの検査である値が出て、平均からするとあなたはどうこうですよ、といわれて安心するのではなく、あくまで自分の頭で考えてみることが大事かと思う。自分で考えるくせを保つ、あるいは自分で考え、納得する、そういう「脳力」も老化脳では大切だ。そして、自分で自分の「適度」を判断する。

その「判断力」が大事だ。自分にとっての「適度」を知る。それは自分の軸をしっかりともつことにもつながる。なにも姿勢良くまっすぐに立つ、ということではない。身体の代謝的にも、脳内の活性状況でも、自分にとっての「適度」を保ちつつ、それでも刺激的な生活を送る。なんだか、当たり前のことなのだが、その当たり前ができることが老化脳を元気にするコツなのだろう。

百年の森を守る：神経のネットワークと機能性の補修

人間という身体の枠組みの中で、脳は驚くほど長命である。最初に書いたように、脳の中の神経細胞はそのほとんどが分裂しない。つまり、私たちの脳は、生まれたころにできた細胞がそのまま残っている。神経のネットワークは、「可塑性」はあるものの、その大まかなところは幼少時に成立したシステムを維持し活用している。普通の栄養があれば、脳はこのように非常に長く生き延びる。

しかし、加齢性の認知症（痴呆）を経験するまでに寿命が延びたのは20世紀以降の人類である。これは、進化上、ある意味で「想定外」だったかもしれない。認知症の発症は、脳の、あるいは、生物の、進化上の途中経過であって、現在、自然選択の渦中にあると考えることもできる。人間がさらに進化した遠い将来には、人為的にではなく、生物進化的に認知症を克服した生物が生まれているかもしれない。それまでは、現在ある人間の「脳」で、加齢性認知症に代表されるような脳の老化を人為的に食い止め補修する、つまりは抗加齢の術を探っている現状である。

このように、現状では脳の抗加齢は完全なものではない。しかし、確実にそれが可能だという結果は見え始めている。少なくとも、アルツハイマー病の発症や進行を食い止めることで脳の抗加齢は可能となりつつある。一方で、認知症ほどの症状にならなくても、生理的なレベルでの脳の老化はある。老化脳でも神経は「可塑性」を永く保持しているが、それでもその「可塑性」は幼若期の神経のもつ「可塑性」に比べると程度は低い。今後は、この神経可塑性を如何にして高く保つか、その術がわかれば、より効果的な抗加齢の戦略が見えてくるに違いない。

ここで論じたような「運動」と「環境」と「栄養」以外の新たな要素も出てくるかもしれない。そのような知見を元に、科学的根拠に基づいた、多くの高齢者に利用可能な健康術を考えていく。みかけ上のコスメやお肌の健康法などよりも，脳の中身から変えていく、それこそがアンチエイジングの王道ではないかと、そう思えてくる。

アンチエイジングの先にあるもの：大事なことは何か？

しかし、考えてみよう。大事なことはそういうことだろうか？

ここに最新の老化研究からあみ出された「抗加齢サプリ」があるとしよう。研究の詳細はここに記述はできないが、たとえば、神経細胞活性化因子である神経シック（N-Shc）の阻害剤でもいい。それは記憶力を高め、認知能力を上げてくれるだろう。また、たとえば神経微小管の制御蛋白質のリン酸化模倣薬でもいい。それは神経の骨組みを強くしてくれるだろう。あるいはまた、レスト遺伝子の活性化剤でもいい。それなどは、まさに脳全体に働いて認知能力を上げ、アルツハイマー病になるリスクを大幅に下げてくれることだろう。

こういう科学的状況からすれば、夢のような世界が広がると考えることもできる。

それぞれ、飲みやすいように調合してあり、一ミリグラムの錠剤と〇・五ミリグラムの錠剤がある。きれいなおしゃれな明るいパッケージに入っている。ゴールドパッケージスペシャルは、なんと三種混合だ。効果は絶大、と期待できる。それを飲み続けたら、一年、ないし二年、余命が確実に延びる「可能性」があると書かれている。最新の科学研究に裏打ちされた成果だ。価格は、お手頃ではないにせよ、手が出ない金額ではない。一年の命の値段というものは、そんなに安いものではない。美しくなるための値段と同じようなものだ。（以上は創作話である。念のため。）

あなたはそれを買って飲むだろうか？飲み続けるだろうか？

あなたは、母の日に、カーネーションに添えて、そのボトルをそっと入れておくだろうか？あなたは、敬老の日に介護施設に入っている年老いた祖母を見舞って、「お湯に溶かしてのんだら、きっといいわよ、おばあちゃん」といって、ベッドの脇のお盆に置いて帰るだろうか？

老化脳の研究をしてきて、「大切なこと」はそういうことではやはりないように思う。アンチエイジングはサプリの追究ではない。脳に残っている力、老化脳に秘められた力を活用するアンチエイジングを考えたい。

しかし、その脳からのアンチエイジングを考える前に、いやおそらくはその先に、老化脳について考えなければならないことがある。アンチエイジングよりももっと大切なことがあるのだ。

人生を俯瞰する老化脳

老化脳にとって大事なこと、それはむやみな延命や、健康長寿やＱＯＬを考えることではない。それよりもむしろ、自分の人生を総括する、あるいはその準備をすることではないだろうか？多少の後悔や不満はあっても、

「でも、いい人生だった。」

「これが自分なのだ。自分というものがようやくわかった気がする。」

「やり残しはあるけれど、でも家族の一人ひとりがしっかりと生きてくれている。孫たちも夢をもって育っている。」

そのように感じたら、もうきっと満点だろう。

人生というものは、夢をもって目標にむかって突っ走るばかりではないけれど、成功体験ばかりでなく、大切なのは「自分を知る試み」なのではないだろうか？老化脳でトライしたいこと、いや是非しなければならないことは「自分探しの旅」だ。

地球上に生を得て、どのような事情にせよ、二人の親がいてくれて、自分が生まれた。たった一度のひとつの生命。それはかけがえのない人生である。唯一無比の自分、長い人生の記憶、それをしっかりと意識し、自分の存在した意味を知るのは、まさに自分しかない。自らの老化

脳に託された最後の大仕事は「自己を知る旅」。まさに、老化脳で自分の脳の中を旅する旅なのである。

老いを受け止める老化脳

自分の脳にはたくさんの記憶がつまっている。忘れてしまったことも多いけれど、「一生の記憶」があるというのはすごいものだ。毎日、寝たりおきたりを繰り返しながら、つまりは意識がある状態と無意識の状態を日々繰り返しながら、ずっと続いてきた自分という「自己意識」がある。その一生分の記憶というのは、あえて言えば「自叙記憶」とでもいうべきものだろう。英語ではself-autobiographical memoryという。自分自身の連綿とつながった、かけがえのない人生の記憶である。

その記憶をすべて受け止めて、そして多少不自由な身体と、老い先への少しの不安と、そしてさらには「死」というものへの、それも概念的な一般的な死ではなく、自分自身にさしせまってくる死というものへの恐れ、それにどう対峙するか、その準備をしていかなくてはならない。死を恐れず、しだいに受け止められるよう、自分を仕向けていかなくてはならない。老いを受け入れる、死をも受け入れる。老いゆく時間と死にゆく自分を否定せず、静かに受け入れる。

そうできるようにありたい、と思う。

その間、老化脳はまた自己の孤独感とも闘わねばならない。いや、闘うというよりも、むしろ受け入れることが理想だろう。人はひとりで生まれ、家族に育まれ、人に出合い、社会のなかでもまれ、そしてまたいつか一人になる。伴侶が、あるいは親しい家族がいつもそばにいてくれればそれは幸いだろう。しかし、そうではないことのほうが多い。だから、老後の孤独感や寂しさにもしだいに順応していかなくてはならない。誰かから教わる、ということでなく、ごく自然にそれを受け入れる。いわば、「悟る」ことなのだろうが、老化脳に残っている可塑性の力で、自ら創造的に自己の孤独を恐れず、愛し、自らを理解し、納得し、そして最後の旅の準備をしておかなくてはならない。それをするのも老化脳なのである。

しなやかな脳、たおやかな老いへ

老化脳を考える。それを深く考えてみて、ふと気づくことがある。老化脳研究をしていく先で、大事なことはけっしてアンチエイジングではないのだ。老化脳にとって最後に重要なのは、自分の人生を俯瞰し、自らの老いを受け止める、老いを受け入れる、そしてさらには、いずれ差し迫ってくるであろう自らの死をもしっかりと受け入れるおだやかな心を育むことだ。それこそが老化脳ができる最後の闘いである。

幼若期の脳にたくさん与えられた「可塑性」、アンチエイジングサプリにたよらなくても、自らの老化脳はまだ内在的な可塑性を秘めている。また多少なりとも幹細胞も保っている。それを活用しようではないか。時に環境を変え、少しの運動をする、意欲をもって何かをしてみる。それは、脳トレブックや大人の塗り絵である必要は必ずしもない。しかし、それが面白ければそれでいい。自分で考えて自分がしたい何かをみつける。俳句でも絵手紙でもいい。昔読んだ本を音読してみることでもいい。何かしら自分がよしとするものを見つける。そしてそれを実践してみる。それが大事だ。それが自分の意欲をまた育ててくれる。それが生き甲斐にもつながる。可塑性に秘められた脳のしなやかな特性を生かして、アンチアンチといわず、静かに、たおやかに老いの時間をすごしていきたいものだ。

おわりに

「定年」を前に年金事務所へ何度か通ったことがある。自分が自分として統一されていなかったからだ。大学を出てからずっと一貫して自分のやりたい研究商売をしてきたのだが、自営業ではなく勤め先を転々とした。国立大学、私立大学（文科省管轄）、国立研究所（これは厚労省管轄）、それに旧科学技術庁の外郭団体である科学技術振興機構（通称ＪＳＴ）（旧、新技術事業団）など。国内のほかに、米国に十年滞在したが、その間も三ヶ所を異動した。その間は国民年金の保険料を振り込んでいた。なんとか年金をもらう段取りをつけようとするのに、これが同じひとりの人間として把握されていなかった。つながったひとりの人生であることを「証明」するまでかなりの時間を要した。今であれば、いわゆるマイナンバーを元に処理できるのかもしれないが、たぶんまだ年金番号とマイナンバーは連結されていないように思える。

研究者というものは側から見れば、好き勝手な研究ができる自由人のように映るかもしれない。とはいいながら、それはサラリーマンでもあった。いつまでも好き勝手が続くわけではない。その「定年」が近くなると、いろいろなことを整理する必要もあった。長年、研究者だったが、その研究の場がなくなる。研究者から研究を奪ったら、それはただの人になる。ただの人。なんとも寂しい余韻が残る言葉だ。しかし、そもそも、すべての人は、人として生まれ、人として死する。要は万人がすべて、ただの人なのである。それはただ、人間という存在、ということだ。「人間であること」、それはとてもかけがえのないものである。そのことに気づかせてくれた。

定年を過ぎて職場を替わり、大学や学会などのいろいろな役職からもはずれて、少し寂しくもあったが、だいぶ楽になった。時間もできた。すると、自然に「散歩」する時間も増えた。自宅の近隣を、ただ歩く。それだけのことなのだが、季節ごと、天候によっても、風景は変わる。みかける草花はもちろん、すれちがう人々の様子も変化する。しかも、最近はコロナ禍である。近場での行動が、みな多くなった。しかし、マスク越しに顔は見えない。人を察し、植物を愛でて、そしてまた、動物にも出会う。大方は犬だ。散歩といえば、犬ほど散歩好きな動物はいないかもしれない。もって生まれた性分なのだろう。

犬はマーキングをしながら散歩する。私たち人間にはその習性はない。それはおそらく、夜行性の習性が進化的にしみついているのだ。犬はまだオオカミとの共通の祖先の時代には完全に夜行性の動物だった。明かりのない中で道をみつける。自分の進むべき道を正しく選択する。

それには嗅覚にたよる他なく、彼らなりのマーキング方法が必要だったのだろう。私たち人間の祖先にだって、そんな夜行性の時代もあった。しかし、私たち人間の祖先は、いずれ霊長類となり、その時点で犬とは別れた。要は猿と同じで、木に登り、猛獣などの外敵から逃れて、明るい昼間から、堂々と動けるようになった。夜行性を捨てて、自由になった。だからもうマーキングする必要はなくなった。散歩しながら、そんなことを考えていた。

散歩は身体を動かすだけでなく、脳をも刺激する。ただぼんやりとしているようでいても、何かしらの入力の変化がある。たとえば、意外と知られていないことだが、私たちは脳内にGPSをもっている。脳の海馬というところに、自分の位置を知らせる信号が走っている。移動すること、それ自体が脳を活性化しているのだ。だから、何も考えていないようでいても、脳の海馬は刺激される。海馬の中にそのGPSに相当する特殊な神経細胞がある。場所細胞（プレイス細胞）と格子細胞（グリッド細胞）だ。なぜ、そんな細胞が海馬にあるのか？それは「空間」を記憶するのに必要となるからだ。自分のいる「位置」を理解する、そのためのしくみなのだ。英国、ロンドンの大学にいたジョン・オキーフとモーリー夫妻による発見なのだが、その功績に対して、２０１４年にノーベル賞が贈られている。ノルウェー人夫婦のマイブリッド（妻）とエドバルト（夫）が一緒に受賞したのだが、科学者仲間からみると、それは誰もがうらやむ

「家族」だったかもしれない。

科学者にとって、何もノーベル賞だけが人生ではない。とはいえ、研究商売の現場は常に競争である。本文の中でも書いたことだが、科学的な発見は一番でなければ、多くは忘れ去られるし、あまり意味はない。二番煎じは埋没する。その意味では、私の研究はその多くが負け犬だったかもしれない。勝ち戦ばかりではなかった。だが、少しは先頭集団にいた時期もあった。「たった一つの一番の花」、そんな時期も確かにあった。

しかし、もうそんな現場からも離れて、ある意味、山を降りる。ゆっくりと下りながら、上ばかり見ないで、広く遠くを眺めることもできるようになった。景色が変わった。

これまでは、自分の狭い研究領域で論文を書くことばかり考えてきたけれど、これからはもっと広く、大局的に物事をみて、歴史的にも俯瞰しながら、物事をとりまとめてみようかと思うようにもなった。物と事、要は世界を構成するすべてなのだが、それを大きくとらえる、分野的にも、また歴史的にも。それは時空間を超えて自分の外の世界を捉えなおす試みでもある。それができるのは歳をとったからなのかもしれない。老年になって、初めて気がつくこともある。その意味では、老化脳に感謝している。

老いぬとてなどか我が身をせめきけむ
　老いずは今日にあわましものか
　　藤原敏行（古今和歌集903）

そう、老いを責めず、老いてこそ今日があること、そのことに感謝しておこう。

＊　＊　＊

冒頭の「はじめに」にも書いたとおり、本書の前半のエッセイの多くは大阪の石切劔箭《つるぎや》神社の広報誌にこの十年ほど、四季折々書き綴ってきたものです。長年このような機会をいただいたことに対して、宮司の木積《こづみ》康弘氏および御社《みやしろ》の関係の方々に心より感謝申し上げます。また、長崎市等での市民向け講演会などにおいて、いつも心優しい応援をいただいた山田内科の山田佑子先生、押渕クリニックの押渕礼子先生、また長崎歴史文化博物館の故大堀哲《さとし》元館長ならびに関係諸氏にも、この場を借りてお礼申し上げます。

なお、元々の文章の中で、少し古くなって賞味期限間近だったものについては、少し改変をして、今でも通用するように加筆修正を加えました。少しおかしいな、と思うようなところがもしあるとすれば、そこは少し昔を思い返してみていただければと思います。

最後に、いつも最初の読者として応援し、また日々の生活を支えてくれる「道」の連れ合いの美和に感謝の意を伝えます。

令和五年（２０２３）一月三十日

コロナ禍に迷う冬晴れの日に

森望

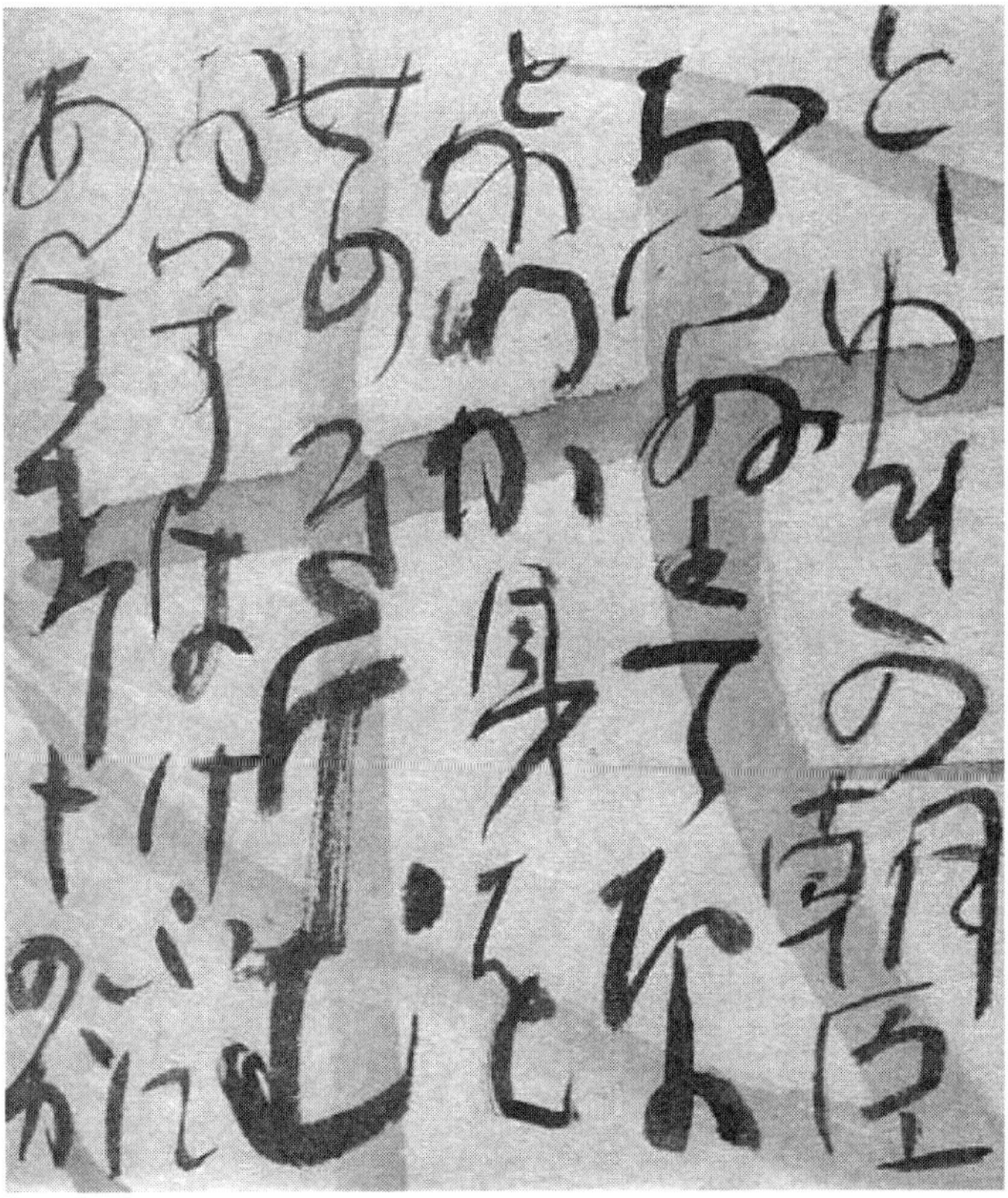

「前崎鼎之（まえさきていし）（福岡書芸院）の書：古今和歌集 903　許可を得て転載」

参考サイト：https://mteisi.exblog.jp/18875170　/

著者紹介

森望（もりのぞむ）

福岡国際医療福祉大学・医療学部・教授、長崎大学・名誉教授

長崎県生まれ。東京大学薬学部卒。東邦大学助手ののち、渡米。シティーオブホープ研究所、カリフォルニア工科大学研究員から南カリフォルニア大学助教授等を経て十年後に帰国。JSTさきがけ研究者（「遺伝と変化」領域）、国立長寿医療研究センター部長、長崎大学医学部教授、長崎大学附属図書館長、日本老年学会理事等を歴任。専門は脳科学・神経老年学。主な著書に、『新・老年学』（東京大学出版会）（分担執筆）（2010）、「現代人の心の支援シリーズ」成人・老年期『健康と生き方を考える』教育と医学の会（編）（慶應義塾大学出版会）（分担執筆）（2002）、『Aging Mechanisms: Longevity, Metabolism, and Brain Aging』（Springer）（編著）（2015）および続編（II）（2022）、『寿命遺伝子：なぜ老いるのか・何が長寿を導くのか』（講談社ブルーバックス）（2021）、翻訳書に『オランダ絵画にみる解剖学』（東京大学出版会）（2021）『老いと健康の文化史』（原書房）（2021）など。日本翻訳家協会から「翻訳特別賞」を受賞（2021年）。

初出一覧（「いしきりさんのすこやか通信」）

15 マイルドストレス	10	2014夏
16 適度を知る	15	2015秋
17 深呼吸	23	2017秋
18 ホメオスタシスという日常から	17	2016春
19 背番号	16	2016冬
20 天の川	18	2016夏
21 十三夜	31	2019秋
22 月の夜	27	2018秋
23 世代をこえて	19	2016秋
24 平成の養生訓	20	2017冬
25 土俵の神様	21	2017春
26 酒造り、人作り、国づくり	22	2017夏
27 ブルーゾーン	26	2018夏
28 夢花火	37	2021秋
29 すこやか脳	7	2013秋

老いと寿のはざまで　人生百年の健やかを考えるヒント

2023 年 5 月 31 日　　第 1 刷発行

著　者――― 森望
発　行――― 日本橋出版
〒 103-0023　東京都中央区日本橋本町 2-3-15
https://nihonbashi-pub.co.jp/
電話／ 03-6273-2638
発　売――― 星雲社（共同出版社・流通責任出版社）
〒 112-0005　東京都文京区水道 1-3-30
電話／ 03-3868-3275

ISBN 978-4-434-31884-9